走自己的
路
戴自己的
花

朱光潜 著

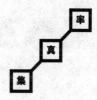

Zhu Guangqian
Selected
collection

北京联合出版公司
Beijing United Publishing Co.,Ltd.

童 稚 无 碍

天　真　有　理

目录

忌·心浮气躁

忌·无所事事

辑一

埋头读书　无所不有

辑二

天地晴朗　日子辉煌

忌·俗滥生活

忌·未老先衰

辑三

文章忌俗滥
生活更忌俗滥

辑四

从今日起
跑跑跳跳
笑笑闹闹

我 的 个 性 就 是

这 些 文 章 的 中 心

辑一

埋头读书 无所不有

忌·心浮气躁

文学与人生

一个对于文艺有修养的人决不感觉到世界的干枯或人生的苦闷。

文学是以语言文字为媒介的艺术。就其为艺术而言，它与音乐图画雕刻及一切号称艺术的制作有共同性：作者对于人生世相都必有一种独到的新鲜的观感，而这种观感都必有一种独到的新鲜的表现；这观感与表现即内容与形式，必须打成一片，融合无间，成为一种有生命的和谐的整体，能使观者由玩索而生欣喜。达到这种境界，作品才算是"美"。美是文学与其他艺术所必具的特质。就其以语言文字为媒介而言，文学所用的工具就是我们日常运思说话所用的工具，无待外求，不像形色之于图画雕刻，乐声之于音乐。每个人不都能运用形色或音调，可是每个人只要能说话就能运用语言，只要能识字就能运用文字。语言文字是每个人表现情感思想的一套随身法宝，它与情感思想有最直接的关系。因为这个缘故，文学是一般人接近艺术的一条最直截简便的路；也因为这个缘故，文学是一种与人生最密切相关的艺术。

我们把语言文字联在一起说，是就文化现阶段的实况而言，其实在演化程序上，先有口说的语言而后有手写的文字，写的文字与说的语言在时间上的距离可以有数千年乃至数万年之久，到现在世间还有许多民族只有语言而无文字。远在文字未产生以前，人类就有语言，有了语言就有文学。文学是最原始的也是最普遍的一种艺术。在原始民族中，人人都欢喜唱歌，都欢喜讲故事，都欢喜戏拟人物的动作和姿态。这就是诗歌、小说和戏

忌·心浮气躁

剧的起源。于今仍在世间流传的许多古代名著，像中国的《诗经》，希腊的荷马史诗，欧洲中世纪的民歌和英雄传说，原先都由口头传诵，后来才被人用文字写下来。在口头传诵的时期，文学大半是全民众的集体创作。一首歌或是一篇故事先由一部分人倡始，一部分人随和，后来一传十，十传百，辗转相传，每个传播的人都贡献一点心裁把原文加以润色或增损。我们可以说，文学作品在原始社会中没有固定的著作权，它是流动的，生生不息的，集腋成裘的。它的传播期就是它的生长期，它的欣赏者也就是它的创作者。这种文学作品最能表现一个全社会的人生观感，所以从前关心政教的人要在民俗歌谣中窥探民风国运，采风观乐在春秋时还是一个重要的政典。我们还可以进一步说，原始社会的文字就几乎等于它的文化；它的历史、政治、宗教、哲学等等都反应在它的诗歌、神话和传说里面。希腊的神话史诗，中世记的民歌传说以及近代中国边疆民族的歌谣、神话和民间的故事都可以为证。

口传的文学变成文字写定的文学，从一方面看，这是一个大进步，因为作品可以不纯由记忆保存，也不纯由口诵流传，它的影响可以扩充到更久更远。但从另一方面看，这种变迁也是文学的一个厄运，因为识字另需一番教育，文学既由文字保存和流传，文字便成为一种障碍，不识字的人便无从创造或欣赏文学，文学便变成一个特殊阶级的专利品。文人成了一个特殊阶级，而这阶级化又随社会演进而日趋尖锐，文学就逐渐和全民众疏远。这种变迁的坏影响很多，第一，文学既与全民众疏远，就不能表现全民众的精神和意识，也就不能从全民众的生活中吸收力量与滋养，它就不免由窄狭化而传统化，形式化，僵硬化。其次，它既成为一个特殊阶级的兴趣，它的影响也就限于那个特殊阶级，不能普及于一般人，与一般人的生活不发生密切关系，于是一般人就把它认为无足轻重。文学在文化现阶段中几已成为一种奢侈，而不是生活的必需。在最初，凡是能运用语言的人都爱好文学；后来文字产生，只有识字的人才能爱好文学；现在连识字的人也大半不能爱好文学，甚至有一部分鄙视或仇视文学，说它的影响不健康或根本无用。在这种情形之下，一个人要郑重其事地来谈文学，难免有几分心虚胆怯，他至少须说出一点理由来辩护他的不合时宜的举动。这篇开场白就是替以后陆续发表的十几篇谈文学的文章作一个辩护。

先谈文学有用无用问题。一般人嫌文学无用，近代有一批主张"为文艺而文艺"的人却以为文学的妙处正在它无用。它和其他艺术一样，是人类超脱自然需要的束缚而发出的自由活动。比如说，茶壶有用，因能盛茶，是壶就可以盛茶，不管它是泥的瓦的扁的圆的，自然需要止于此。但是人不以此为满足，制壶不但要能盛茶，还要能娱目赏心，于是在质料、式样、颜色上费尽机巧以求美观。就浅狭的功利主义看，这种功夫是多余的，无用的；但是超出功利观点来看，它是人自作主宰的活动。人不惮烦要作这种无用的自由活动，才显得人是自家的主宰，有他的尊严，不只是受自然驱遣的奴隶；也才显得他有一片高尚的向上心。要胜过自然，要弥补自然的缺陷，使不完美的成为完美。文学也是如此。它起于实用，要把自己所感的说给旁人知道；但是它超过实用，要找好话说，要把话说得好，使旁人在话的内容和形式上同时得到愉快。文学所以高贵，值得我们费力探讨，也就在此。

这种"为文艺而文艺"的看法确有一番正当道理，我们不应该以浅狭的功利主义去估定文学的身价。但是我以为我们纵然退一步想，文学也不能说是完全无用。人之所以为人，不只因为他有情感思想，尤在他能以语言文字表现情感思想。试假想人类根本没有语言文字，像牛羊犬马一样，人类能否有那样灿烂的文化？文化可以说大半是语言文字的产品。有了语言文字，许多崇高的思想，许多微妙的情境，许多可歌可泣的事迹才能那样流传广播，由一个心灵出发，去感动无数的心灵，去启发无数心灵的创作。这感动和启发的力量大小与久暂，就看语言文字运用得好坏。在数千载之下，《左传》《史

忌·心浮气躁

记》所写的人物事迹还能活现在我们眼前，若没有左丘明、司马迁的那种生动的文笔，这事如何能做到？在数千载之下，柏拉图的《对话集》所表现的思想对于我们还是那么亲切有趣，若没有柏拉图的那种深入而浅出的文笔，这事又如何能做到？从前也许有许多值得流传的思想与行迹，因为没有遇到文人的点染，就湮没无闻了。我们自己不时常感觉到心里有话要说而不出的苦楚么？孔子说得好："言之无文，行之不远。"单是"行远"这一个功用就深广不可思议。

柏拉图、卢梭、托尔斯泰和程伊川都曾怀疑到文学的影响，以为它是不道德的或是不健康的。世间有一部分文学作品确有这种毛病，本无可讳言，但是因噎不能废食，我们只能归咎于作品不完美，不能断定文学本身必有罪过。从纯文艺观点看，在创作与欣赏的聚精会神的状态中，心无旁涉，道德的问题自无从闯入意识阈。纵然离开美感态度来估定文学在实际人生中的价值，文艺的影响也决不会是不道德的，而且一个人如果有纯正的文艺修养，他在文艺方面所受的道德影响可以比任何其他体验与教训的影响更较深广。"道德的"与"健全的"原无二义。健全的人生理想是人性的多方面的谐和的发展，没有残废也没有臃肿。譬如草木，在风调雨顺的环境之下，它的一般生机总是欣欣向荣，长得枝条茂畅，花叶扶疏。情感思想便是人的生机，生来就需要宣泄生长，发芽开花。有情感思想而不能表现，生机便遭窒塞残损，好比一株发育不完全而呈病态的花草。文艺是情感思想的表现，也就是生机的发展，所以要完全实现人生，离开文艺决不成。世间有许多对文艺不感兴趣的人干枯浊俗，生趣索然，其实都是一些精神方面的残废人，或是本来生机就不畅旺，或是有畅旺的生机因为窒塞而受摧残。如果一种道德观要养成精神上的残废人，它的本身就是不道德的。

表现在人生中不是奢侈而是需要，有表现才能有生展，文艺表现情感思想，同时也就滋养情感思想使它生展。人都知道文艺是"怡情养性"的。请仔细玩索"怡养"两字的意味！性情在怡养的状态中，它必是健旺的，生发的，快乐的。这"怡养"两字却不容易做到，在这纷纭扰攘的世界中，我们大部分时间与精力都费在解决实际生活问题，奔波劳碌，很机械地随着疾行车流转，一日之中能有几许时刻回想到自己有性情？还论怡养！凡是文艺都是根据现实世界而铸成另一超现实的意象世界，所以它一方面是现实人生的反照，一方面也是现实人生的超脱。在让性情怡养在文艺的甘泉时，我们霎时间脱去尘劳，得到精神的解放，心灵如鱼得水地徜徉自乐；或是用另一个比喻来说，在干燥闷热的沙漠里走得很疲劳之后，在清泉里洗一个澡，绿树阴下歇一会儿凉。世间许多人在劳苦里打翻转，在罪孽里打翻转，俗不可耐，苦不可耐，原因只在洗澡歇凉的机会太少。

从前中国文人有"文以载道"的说法，后来有人嫌这看法的道学气太重，把"诗言志"一句老话抬出来，以为文学的功用只在言志；释志为"心之所之"，因此言志包含表现一切心灵活动在内。文学理论家于是分文学为"载道""言志"两派，仿佛以为这两派是两极端，绝不相容——"载道"是"为道德教训而文艺"，"言志"是"为文艺而文艺"。其实这个问题的关键全在"道"字如何解释。如果释"道"为狭义的道德教训，载道显然就小看了文学。文学没有义务要变成劝世文或是修身科的高头讲章。如果释"道"为人生世相的道理，文学就决不能离开"道"，"道"就是文学的真实性。志为心之所之，也就要合乎"道"，情感思想的真实本身就是"道"，所以"言志"即"载道"，根本不是两回事，哲学科学所谈的是"道"，文艺所谈的仍是"道"，所不同者哲学科学的道理是抽象的，是从人生世相中抽绎出来的，好比从盐水中提出来的盐；文艺的道是具体的，是含蕴在人生世相中的，好比盐溶于水，饮者知咸，却不辨何者为盐，何者为水。用另一个比喻来说，哲学科学的道是客观的、冷的、有精气而无血肉的；文艺的道是主观的、热的，通过作者的情感与人格的渗沥，精气和血肉凝成完整生命的。换句话说，文艺的"道"与作者的"志"融为一体。

我常感觉到，与其说"文以载道"，不如说"因文证道"。《楞严经》记载佛有一次问他的门徒从何种方便之门，发菩提心，证圆通道。几十个菩萨罗汉轮次起答，有人说从声音，有人说从颜色，有人说从香味，大家共说出二十五个法门（六根、六尘、六识、七大，每一项都可成为证道之门）。读到这段文章，我心里起了一个幻想，假如我当时在座，轮到我起立作答时，我一定说我的方便之门是文艺。我不敢说我证了道，可是从文艺的玩索，我窥见了道的一斑。文艺到了最高的境界，从理智方面说，对于人生世相必有深广的观照与彻底的了解，如阿波罗凭高远眺，华严世界尽成明镜里的光影，大有佛家所谓万法皆空，空而不空的景象；从情感方面说，对于人世悲欢好丑必有平等的真挚的同情，冲突化除后的谐和，不沾小我利害的超脱，高等的幽默与高等的严肃，成为相反者之同一。柏格森说世界时时刻刻在创化中，这好比一个无始无终的河流，孔子所看到的"逝者如斯夫，不舍昼夜"，希腊哲人所看到的"濯足清流，抽足再入，已非前水"，所以时时刻刻有它的无穷的兴趣。抓住某一时刻的新鲜景象与兴趣而给以永恒的表现，这是文艺。一个对于文艺有修养的人决不感觉到世界的干枯或人生的苦闷。他自己有表现的能力固然很好，纵然不能，他也有一双慧眼看世界，整个世界的动态便成为他的诗，他的图画，他的戏剧，让他的性情在其中"怡养"。到了这种境界，人生便经过了艺术化，而身历其境的人，在我想，可以算是一个有"道"之士。从事于文艺的人不一定都能达到这个境界，但是它究竟不失为一个崇高的理想，值得追求，而且在努力修养之后，可以追求得到。

资禀与修养

> 天生的是资禀,造作的是修养;资禀是潜能,是种子;修养使潜能实现,使种子发芽成树,开花结实。

拉丁文中有一句名言:"诗人是天生的,不是造作的。"这句话本有不可磨灭的真理,但是往往被不努力者援为口实。迟钝人说,文学必须靠天才,我既没有天才,就生来与文学无缘,纵然努力,也是无补费精神。聪明人说,我有天才,这就够了,努力不但是多余的,而且显得天才还有缺陷,天才之所以为天才,正在它不费力而有过人的成就。这两种心理都很普遍，误人也很不浅。文学的门本是大开的。迟钝者误认为它关得很严密不敢去问津；聪明者误认为自己生来就在门里，用不着摸索。他们都同样地懒怠下来，也同样地被关在门外。

从前有许多迷信和神秘色彩附丽在"天才"这个名词上面，一般人以为天才是神灵的凭借，与人力全无关系。近代学者有人说它是一种精神病，也有人说它是"长久的耐苦"。这个名词似颇不易用科学解释。我以为与其说"天才"，不如说"资禀"。资禀是与生俱来的良知良能，只有程度上的等差，没有绝对的分别，有人多得一点，有人少得一点。所谓"天才"不过是在资禀方面得天独厚，并没有什么神奇。莎士比亚和你我相去虽不可以道里计，他所有的资禀你和我并非完全没有，只是他有的多，我们有的少。若不然，他和我们在智能上就没有共同点，我们也就无从了解他、欣赏他了。除白痴以外，人人都多少可以了解欣赏文学，也就多少具有文学所必需的资禀。不单是了解欣赏，创作也还是一理。

文学是用语言文字表现思想情感的艺术，一个人只要有思想情感，只要能运用语言文字，也就具有创作文学所必需的资禀。

就资禀说，人人本都可以致力文学；不过资禀有高有低，每个人成为文学家的可能性和在文学上的成就也就有大有小。我们不能对于每件事都能登峰造极，有几分欣赏和创作文学的能力，总比完全没有好。要每个人都成为第一流文学家，这不但是不可能，而且也大可不必；要每个人都能欣赏文学，都能运用语言文字表现思想情感，这不但是很好的理想，而且是可以实现和应该实现的理想。一个人所应该考虑的，不是我究竟应否在文学上下一番功夫（这不成为问题，一个人不能欣赏文学，不能发表思想情感，无疑地算不得一个受教育的人），而是我究竟还是专门做文学家，还是只要一个受教育的人所应有的欣赏文学和表现思想情感的能力？

这第二个问题确值得考虑。如果只要有一个受教育的人所应有的欣赏文学和表现思想情感的能力，每个人只须经过相当的努力，都可以达到，不能拿没有天才做借口；如果要专门做文学家，他就要自问对文学是否有特优的资禀。近代心理学家研究资禀，常把普遍智力和特殊智力分开。普遍智力是施诸一切对象而都灵验的，像一把同时可以打开许多种锁的钥匙；特殊智力是施诸某一种特殊对象而才灵验的，像一把只能打开一种锁的钥匙。比如说，一个人的普遍智力高，无论读书、处事或作战、经商，都比低能人要强；可是读书、处事、作战、经商各需要一种特殊智力。尽管一个人件件都行，如果他的特殊智力在经商，他在经商方面的成就必比做其他事业都强。对于某一项有特殊智力，我们通常说那一项为"性之所近"。一个人如果要专门做文学家就非性近于文学不可。如果性不相近而勉强去做文学家，成功的固然并非绝对没有，究竟是用违其才；不成功的却居多数，那就是精力的浪费了。世间有许多人走错门路，性不近于文学而强做文学家，耽误了他们在别方面可以有为的才力，实在很可惜。"诗人是天生的，不是造作的"这句话，对于这种人确是一个很好的当头棒。

但是这句话终有语病。天生的资禀只是潜能，要潜能成为事实，不能不借人力造作。好比花果的种子，天生就有一种资禀可以发芽成树，开花结实；但是种子有很多不发芽成树、开花结实的，因为缺乏人工的培养。种子能发芽成树，开花结实，有一大半要靠人力，尽管它天资如何优良。人的资禀能否实现于学问事功的成就，也是如此。一个人纵然生来就有文学的特优资禀，如果他不下功夫修养，他必定是苗而不秀，华而不实。天才愈卓越，修养愈深厚，成就也就愈伟大。比如说李白、杜甫对于诗不能说是无天才，可是读过他们诗集的人都知道这两位大诗人所下的功夫。李白在人生哲学方面有道家的底子，在文学方面从《诗经》《楚辞》直到齐梁体诗，他没有不费苦心模拟过。杜诗无一字无来历为世所共知。他自述经验说，"读书破万卷，下笔如有神"。西方大诗人像但丁、莎士比亚、歌德诸人，也没有一个不是修养出来的。莎士比亚是一般人公评为天才多于学问的，但是谁能测量他的学问的深浅？医生说，只有医生才能写出他的某一幕；律师说，只有学过法律的人才能了解他的某一剧的术语。你说他没有下功夫研究过医学、法学等等？我们都惊讶他的成熟作品的伟大，却忘记他的大半生精力都费在改编前人的剧本，在其中讨诀窍。这只是随便举几个例。完全是"天生"的而不经"造作"的诗人，在历史上却无先例。

孔子有一段论学问的话最为人所称道："或生而知之，或学而知之，或困而知之，及其知之，一也。"这话确有至理，但亦看"知"的对象为何。如果所知的是文学，我相信"生而知之"者没有，"困而知之"者也没有，大部分文学家是有"生知"的资禀，再加上"困学"的功夫，"生知"的资禀多一点，"困学"的功夫也许可以少一点。牛顿说："天才是长久的耐苦。"这话也须用逻辑眼光去看，长久的耐苦不一定造成天才，天才却有赖于长久的耐苦。一切的成就都如此，文学只是一例。

天生的是资禀，造作的是修养；资禀是潜能，是种子；

修养使潜能实现，使种子发芽成树，开花结实。资禀不是我们自己力量所能控制的，修养却全靠自家的努力。在文学方面，修养包涵极广，举其大要，约有三端：

第一是人品的修养。人品与文品的关系是美学家争辩最烈的问题，我们在这里只能说一个梗概。从一方面说，人品与文品似无必然的关系。魏文帝早已说过："古今文人类不护细行。"刘彦和在《文心雕龙·程器》篇里一口气就数了一二十个没有品行的文人，齐梁以后有许多更显著的例，像冯延巳、严嵩、阮大铖之流还不在内。在克罗齐派美学家看，这也并不足为奇。艺术的活动出于直觉，道德的活动出于意志；一为超实用的，一为实用的，二者实不相谋。因此，一个人在道德上的成就不能裨益也不能妨害他在艺术上的成就，批评家也不应从他的生平事迹推论他的艺术的人格。

但是从另一方面说，言为心声，文如其人。思想情感为文艺的渊源，性情品格又为思想情感的型范，思想情感真纯则文艺华实相称，性情品格深厚则思想情感亦自真纯。"仁者之言蔼如","诐辞知其所蔽"。屈原的忠贞耿介，陶潜的冲虚高远，李白的徜徉自恣，杜甫的每饭不忘君国，都表现在他们的作品里面。他们之所以伟大，就因为他们的一篇一什都不仅为某一时会即景生情偶然兴到的成就，而是整个人格的表现。不了解他们的人格，就决不能彻底了解他们的文艺。从这个观点看，培养文品在基础上下功夫就必须培养人品。这是中国先儒的一致主张，"文以载道"说也就是从这个看法出来的。

人是有机体，直觉与意志，艺术的活动与道德的活动恐怕都不能像克罗齐分得那样清楚。古今尽管有人品很卑鄙而文艺却很优越的，究竟是占少数，我们可以用心理学上的"双重人格"去解释。在甲重人格（日常的）中一个人尽管不矜细行，在乙重人格（文艺的）中他却谨严真诚。这种双重人格究竟是一种变态，如论常例，文品表现人品是千真万确的事实。所以一个人如果想在文艺上有真正伟大的成就，他必须有道德的修养。我们并非鼓励他去做狭隘的古板的道学家，我们也并不主张

忌·心浮气躁

一切文学家在品格上都走一条路。文品需要努力创造，各有独到，人品亦如此，一个文学家必须有真挚的性情和高远的胸襟，但是每个人的性情中可以特有一种天地，每个人的胸襟中可以特有一副丘壑，不必强同而且也决不能强同。

其次是一般学识经验的修养。文艺不单是作者人格的表现，也是一般人生世相的返照。培养人格是一套功夫，对于一般人生世相积蓄丰富而正确的学识经验又另是一套功夫。这可以分两层说。一是读书。从前中国文人以能熔经铸史为贵，韩愈在《进学解》里发挥这个意思，最为详尽。读书的功用在储知蓄理，扩充眼界，改变气质。读的范围愈广，知识愈丰富，审辨愈精当，胸襟也愈恢阔。在近代，一个文人不但要博习本国古典，还要涉猎近代各科学问，否则见解难免偏蔽。这事固然很难。我们第一要精选，不浪费精力于无用之书；第二要持恒，日积月累，涓涓终可成江河；第三要有哲学的高瞻远瞩，科学的客观剖析，否则食而不化，学问反足以桎没性灵。其次是实地观察体验。这对于文艺创作或比读书还更重要。从前中国文人喜游名山大川，一则增长阅历，一则吸纳自然界瑰奇壮丽之气与幽深玄渺之趣。其实这种"气"与"趣"不只在自然中可以见出，在一般人生世相中也可得到。许多著名的悲喜剧与近代小说所表现的精神气魄正不让于名山大川。观察体验的最大的功用还不仅在此，尤其在洞达人情物理。文学超现实而却不能离现实，它所创造的世界尽管有时是理想的，却不能不有现实世界的真实性。近代写实主义者主张文学须有"凭证"，就因为这个道理。你想写某一种社会或某一种人物，你必须对于那种社会那种人物的外在生活与内心生活都有彻底的了解，这非多观察多体验不可。要观察得正确，体验得深刻，你最好投身他们中间，和他们过同样的生活。你过的生活愈丰富，对于人性的了解愈深广，你的作品自然愈有真实性，不致如雾里看花。

第三是文学本身的修养。"工欲善其事，必先利其器。"文学的器具是语言文字。我们第一须认识语言文字，其次须有运用语言文字的技巧。这事看来似很容易，因为一般人日常都在运用语言文字；但是实在极难，因为文学要用平常的语言文字产生不平常的效果。文学家对于语言文字的了解必须比一般人都较精确，然后可以运用自如。他必须懂得字的形声义，字的组织以及音义与组织对于读者所生的影响。这要包涵语文学、逻辑学、文法、美学和心理学各科知识。从前人做文言文很重视小学（即语文学），就已看出工具的重要。我们现在做语体文比做文言文更难。一则语言文字有它的历史渊源，我们不能因为做语体文而不研究文言文所用的语文，同时又要特别研究流行的语文；一则文言文所需要的语文知识有许多专书可供给，流行的语文的研究还在草创，大半还靠作者自己努力去摸索。在现代中国，一个人想做出第一流文学作品，别的条件不用说，单说语文研究一项，他必须有深厚的修养。他必须达到有话都可说出而且说得好的程度。

　　运用语言文字的技巧一半根据对于语言文字的认

识，一半也要靠虚心模仿前人的范作。文艺必止于创造，却必始于模仿，模仿就是学习。最简捷的办法是精选模范文百篇左右（能多固好；不能多，百篇就很够），细心研究每篇的命意布局分段造句和用字，务求透懂，不放过一字一句，然后把它熟读成诵，玩味其中声音节奏与神理气韵，使它不但沉到心灵里去，还须沉到筋肉里去。这一步做到了，再拿这些模范来模仿（从前人所谓"拟"），模仿可以由有意的渐变为无意的，习惯就成了自然。入手不妨尝试各种不同的风格，再在最合宜于自己的风格上多下功夫，然后融合各家风格的长处，成就一种自己独创的风格。从前做古文的人大半经过这种训练，依我想，做语体文也不能有一个更好的学习方法。

以上谈文学修养，仅就其大者略举几端，并非说这就尽了文学修养的能事。我们只要想一想这几点所需要的功夫，就知道文学并非易事，不是全靠天才所能成功的。

谈升学与选课

做学问，做事业，在人生中都只能算是第二桩事。人生第一桩事是生活。我所谓"生活"是"享受"，是"领略"，是"培养生机"。

朋友：

你快要在中学毕业了，此时升学问题自然常在脑中盘旋。这一着也是人生一大关键，所以，值得你慎而又慎。

升学问题分析起来便成为两个问题，第一是选校问题，第二是选科问题。这两个问题自然是密切相关的，但是为说话清晰起见，分开来说，较为便利。

我把选校问题放在第一，因为青年们对于选校是最容易走入迷途的。现在中国社会还带有科举时代的资格迷。比方小学才毕业便希望进中学，大学才毕业便希望出洋，出洋基本学问还没有做好，便希望掇拾中国古色斑斑的东西去换博士。学校文凭只是一种找饭碗的敲门砖。学校招牌愈亮，文凭就愈行时，实学是无人过问的。社会既有这种资格迷，而资格买卖所便乘机而起。租三间铺面，拉拢一个名流当"名誉校长"，便可挂起一个某某大学的招牌。只看上海一隅，大学的总数比较英或法全国大学的总数似乎还要超过，谁说中国文化没有提高呢？大学既多，只是称"大学"还不能动听，于是"大学"之上又冠以"美国政府注册"的头衔。既"大学"而又在"美国政府注册"，生意自然更加茂盛了。何况许多名流又肯"热心教育"做"名誉校长"呢？

朋友，可惜这些多如牛毛的大学都不能解决我们升学的困难，因为那些有"名誉校长"或是"美国政府注册"的大学，是预备让有钱可花的少爷公子们去逍遥岁月，像你我们既无钱可花，又无时光可花，只好望望然去罢。好在它们的生意并不会因我们"杯葛"[1] 而低落的，我们求学最难得的是诚恳的良师与和爱的益友，所以选校应该以有无诚恳、和爱的空气为准。如果能得这种学校空气，无论是大学不是大学，我们都可以心满意足。做学问全赖自己，做事业也全赖自己，与资格都无关系。我看过许多留学生程度不如本国大学生，许多大学生程度不如中学生。至于凭资格去混事做，学校的资格在今日是不大高贵的，你如果作此想，最好去逢迎奔走，因为那是一条较捷的路径。

升学问题，跨进大学门限以后，还不能算完全解决。选科选课还得费你几番踌躇。在选课的当儿，个人兴趣与社会需要尝不免互相冲突。许多人升学选课都以社会需要为准。从前人都欢迎速成法政；我在中学时代，许多同学都希望进军官学校或是教会大学；我进了高等师

[1] 杯葛：联合抵制某个公司或个人。

范，那要算是穷人末路。那时高等师范里最时髦的是英文科，我选了国文科，那要算是腐儒末路。杜威来中国时，哥伦比亚大学的留学生把教育学也弄得很热闹。近来书店逐渐增多，出诗文集一天容易似一天，文学的风头也算是出得十足透顶。听说现在法政经济又很走时了。朋友，你是学文学或是学法政呢？"学以致用"本来不是一种坏的主张；但是资禀兴趣人各不同，你假若为社会需要而忘却自己，你就未免是一位"今之学者"了。任何科目，只要和你兴趣资禀相近，都可以发挥你的聪明才力，都可以使你效用于社会。所以你选课时，旁的问题都可以丢开，只要问："这门功课合我的胃口么？"

我时常想，做学问，做事业，在人生中都只能算是第二桩事。人生第一桩事是生活。我所谓"生活"是"享受"，是"领略"，是"培养生机"。假若为学问为事业而忘却生活，那种学问、事业在人生中便失其真正意义与价值。因此，我们不应该把自己看作社会的机械。

一味迎合社会需要而不顾自己兴趣的人，就没有明白这个简单的道理。

我把生活看作人生第一桩要事，所以不赞成早谈专门；早谈专门便是早走狭路，而早走狭路的人对于生活常不能见得面面俱到。前天 G 君对我谈过一个故事，颇有趣，很可说明我的道理。他说，有一天，一个中国人、一个印度人和一个美国人游历，走到一个大瀑布前面，三人都看得发呆；中国人说："自然真是美丽！"印度人说："在这种地方才见到神的力量呢！"美国人说："可惜偌大水力都空费了！"这三句话各各不同，各有各的真理，也各有各的缺陷。在完美的世界里，我们在瀑布中应能同时见到自然的美丽、神力的广大和水力的实用。许多人因为站在狭路上，只能见到诸方面的某一面，便说他人所见到的都不如他的真确。前几年大家曾像煞有介事地争辩哲学和科学，争辩美术和宗教，不都是坐井观天诬天渺小么？

我最怕和谈专门的书呆子在一起，你同他谈话，他三句话就不离本行。谈到本行以外，旁人所以为兴味盎然的事物，他听之则麻木不能感觉。像这样的人是因为做学问而忘记生活了。我特地提出这一点来说，因为我想现在许多人大谈职业教育，而不知单讲职业教育也颇危险。我并非反对职业教育，我却深深地感觉到职业教育应该有宽大自由教育（liberal education）做根底。倘若先没有多方面的宽大自由教育做根底，则职业教育的流弊，在个人方面，常使生活单调乏味，在社会方面，常使文化浮浅褊狭。

许多人一开口就谈专门（specialization），谈研究（researchwork）。他们说，欧美学问进步所以迅速，由于治学尚专门。原来不专则不精，固是自然之理，可是"专"也并非是任何人所能说的。倘若基础树得不宽广，你就是"专"，也决不能专到多远路。自然和学问都是有机的系统，其中各部分常息息相通，牵此则动彼。倘若你对于其他各部分都茫无所知，而专门研究某一部分，实在是不可能的。哲学和历史，须有一切学问做根底；文学与哲学、历史也密切相关；科学是比较可以专习的，而实亦不尽然。比方生物学，要研究到精深的地步，不能不通化学，不能不通物理学，不能不通地质学，不能不通数学和统计学，不能不通心理学。许多人连动物学和植物学的基础也没有，便谈专门研究生物学，是无异于未学爬而先学跑的。我时常想，学问这件东西，先要能博大而后能精深。"博学守约"，真是至理名言。亚里士多德是种种学问的祖宗。康德在大学里几乎能担任一切功课的教授。歌德盖代文豪而于科学上也很有建树。亚当·斯密是英国经济学的始祖，而他在大学是教授文学的。近如罗素，他对于数学、哲学、政治学样样都能登峰造极。这是我信笔写来的几个确例。西方大学者（尤其是在文学方面）大半都能同时擅长几种学问的。

　　我从前预备再做学生时，也曾痴心妄想过专门研究某科中的某某问题。来欧以后，看看旁人做学问所走的路径，总觉悟像我这样浅薄，就谈专门研究，真可谓"颜之厚矣"！我此时才知道从前在国内听大家所谈的"专门"是怎么一回事。中国一般学者的通病就在不重根基而侈谈高远。比方"讲东西文化"的人，可以不通哲学，可以不通文学和美术，可以不通历史，可以不通科学，可以不懂宗教，而信口开河，凭空立说；历史学者闻之窃笑，科学家闻之窃笑，文艺批评学者闻之窃笑，只是发议论者自己在那里洋洋得意。再比方著世界文学史的人，法国文学可以不懂，英国文学可以不懂，德国文学可以不懂，希腊文学可以不懂，中国文学可以不懂，而东抄西袭，堆砌成篇，使法国文学学者见之窃笑，英国文学学者见之窃笑，中国文学学者见之窃笑，只是著书人在那里大吹喇叭。这真所谓"放屁放屁，真正岂有此理！"

朋友，你就是升到大学里去，千万莫要染着时下习气，侈谈高远而不注意把根基打得宽大稳固。我和你相知甚深，客气话似用不着说。我以为你在中学所打的基本学问的基础还不能算是稳固，还不能使你进一步谈高深专门的学问。至少在大学头一二年中，你须得尽力多选功课，所谓多选功课，自然也有一个限制。贪多而不务得，也是一种毛病。我是说，在你的精力时间可能范围以内，你须极力求多方面的发展。

最后，我这番话只是针对你的情形而发的。我不敢说一切中学生都要趁着这条路走。但是对于预备将来专门学某一科而谋深造的人，——尤其是所学的关于文哲和社会科学方面，——我的忠告总含有若干真理。

同时，我也很愿听听你自己的意见。

你的好友　光潜

谈作文

文章像其他艺术一样，"神而明之，存乎其人"，
精微奥妙都不可以言传，所可以言传的全是糟粕。

朋友：

我们对于许多事，自己愈不会做，愈望朋友做得好。
我生平最大憾事就是对于美术和运动都一无所长。幼时
薄视艺事为小技，此时亦偶发宏愿去学习，终苦于心劳
力拙，怏怏然废去。所以每遇年幼好友，就劝他趁早学
一种音乐，学一项运动。

其次，我极羡慕他人做得好文章。每读到一种好

作品，看见自己所久想说出而说不出的话，被他人轻轻易易地说出来了，一方面固然以作者"先获我心"为快，而另一方面也不免心怀惭怍。唯其惭怍，所以每遇年幼好友，也苦口劝他练习作文，虽然明明知道人家会奚落我说："你这样起劲谈作文，你自己的文章就做得'蹩脚'。"

文章是可以练习的么？迷信天才的人自然嗤着鼻子这样问。但是在一切艺术里，天资和人力都不可偏废。古今许多第一流作者大半都经过刻苦的推敲揣摩的训练。法国福楼拜尝费三个月的功夫做成一句文章；莫泊桑尝拜门请教，福楼拜叫他把十年辛苦成就的稿本付之一炬，从新起首学描实境。我们读莫泊桑那样的极自然极轻巧极流利的小说，谁想到他的文字也是费功夫做出来的呢？我近来看见两段文章，觉得是青年作者应该悬为座右铭的，写在下面给你看看：

一段是从托尔斯泰的儿子 Count Ilya Tolstoy 所作的《回想录》（*Reminiscences*）里面译出来的，这段记载托尔斯泰著《安娜·卡列尼娜》（*Anna Karenina*）修稿时的情形。他说：

> 《安娜·卡列尼娜》初登俄报 *Vyetnik* 时，底页都须寄吾父亲自己校对。他起初在纸边加印刷符号如删削句读等，继而改字，继而改句，继而又大加增删，到最后，那张底页便成百孔千疮，糊涂得不可辨识。幸吾母尚能认清他的习用符号以及更改增删。她尝终夜不眠替吾父誊清改过底页。次晨，她便把他很整洁的清稿摆在桌上，预备他下来拿去付邮。吾父把这清稿又拿到书房里去看"最后一遍"，到晚间这清稿又重新涂改过，比原来那张底页要更加糊涂，吾母只得再抄一遍。他很不安地向吾母道歉。"松雅吾爱，真对不起你，我又把你誊的稿子弄糟了。我再不改了。明天一定发出去。"但是明天之后又有明天。有时甚至于延迟几礼

忌·心浮气躁

拜或几月。他总是说，"还有一处要再看一下"，于是把稿子再拿去改过。再誊清一遍。有时稿子已发出了，吾父忽然想到还要改几个字，便打电报去吩咐报馆替他改。

你看托尔斯泰对文字多么谨慎，多么不惮烦！此外小泉八云给张伯伦教授（Prof. Chamberlain）的信也有一段很好的自白，他说：

……题目择定，我先不去运思，因为恐怕易生厌倦。我作文只是整理笔记。我不管层次，把最得意的一部分先急忙地信笔写下。写好了，便把稿子丢开，去做其他较适宜的工作。到第二天，我再把昨天所写的稿子读一遍，仔细改过，再从头至尾誊清一遍，在誊清中，新的意思自然源源而来，错误也呈现了，改正了。于是我又把它搁起，再过一天，我又修改第三遍。这一次是最重要的，结果总比原稿大有进步，可是还不能说完善。我再拿一片干净纸作最后的誊清，有时须誊两遍。经过这四五次修改以后，全篇的意思自然各归其所，而风格也就改定妥帖了。

小泉八云以美文著名，我们读他这封信，才知道他的成功秘诀。一般人也许以为这样咬文嚼字近于迂腐。在青年心目中，这种训练尤其不合胃口。他们总以为能倚马千言、不加点窜的才算好脚色。这种念头不知误尽多少苍生？在艺术田地里比在道德田地里，我们尤其要讲良心。稍有苟且，便不忠实。听说印度的甘地主办一种报纸，每逢作文之先，必斋戒静坐沉思一日夜然后动笔。我们以文字骗饭吃的人们对此能不愧死么？

文章像其他艺术一样，"神而明之，存乎其人"，精微奥妙都不可以言传，所可以言传的全是糟粕。不过初学作文也应该认清路径，而这种路径是不难指点的。

学文如学画，学画可临帖，又可写生。在这两条路

忌·心浮气躁

中间，写生自然较为重要。可是临帖也不可一笔勾销，笔法和意境在初学时总须从临帖中领会。从前中国文人学文大半全用临帖法。每人总须读过几百篇或几千篇名著，揣摩呻吟，至能背诵，然后执笔为文，手腕自然纯熟。欧洲文人虽亦重读书，而近代第一流作者大半都由写生入手。莫泊桑初请教于福楼拜，福楼拜叫他描写一百个不同的面孔。霸若因为要描写吉普赛野人生活，便自己去和他们同住，可是这并非说他们完全不临帖。许多第一流作者起初都经过模仿的阶段。莎士比亚起初模仿英国旧戏剧作者。布朗宁起初模仿雪莱。陀思妥耶夫斯基和许多俄国小说家都模仿雨果。我以为向一般人说法，临帖和写生都不可偏废。所谓临帖在多读书。中国现当新旧交替时代，一般青年颇苦无书可读。新作品寥寥有数，而旧书又受复古反动影响，为新文学家所不乐道。其实冬烘学究之厌恶新小说和白话诗，和新文学运动者之攻击读经和念古诗文，都是偏见。文学上只有好坏的分别，没有新旧的分别。青年们读新书已成时髦，用不着再提倡，我只劝有闲工夫有好兴致的人对于旧书也不妨去读读看。

读书只是一步预备的功夫，真正学作文，还要特别注意写生。要写生，须勤做描写文和记叙文。中国国文教员们常埋怨学生们不会做议论文。我以为这并不算奇怪。中学生的理解和知识大半都很贫弱，胸中没有议论，何能做得出议论文？许多国文教员们叫学生入手就做议论文，这是没有脱去科举时代的陋习。初学做议论文是容易走入空疏俗滥的路上去。我以为初学作文应该从描写文和记叙文入手，这两种文做好了，议论文是很容易办的。

这封信只就一时见到的几点说说。如果你想对于作文方法还要多知道一点，我劝你看看夏丏尊和刘薰宇两先生合著的《文章作法》。这本书有许多很精当的实例，对于初学是很有用的。

光潜

天地晴朗　日子辉煌

忌·无所事事

谈美感教育

人生来就有真善美的需要，真善美具备，人生才完美。

世间事物有真善美三种不同的价值，人类心理有知情意三种不同的活动。这三种心理活动恰和三种事物价值相当：真关于知，善关于意，美关于情。人能知，就有好奇心，就要求知，就要辨别真伪，寻求真理。人能发意志，就要想好，就要趋善避恶，造就人生幸福。人能动情感，就爱美，就欢喜创造艺术，欣赏人生自然中的美妙境界。求知、想好、爱美，三者都是人类天性；人生来就有真善美的需要，真善美具备，人生才完美。

教育的功用就在顺应人类求知、想好、爱美的天性，使一个人在这三方面得到最大限度的调和发展，以达到完美的生活。"教育"一词在西文为 education，是从拉丁动词 educare 来的，原义是"抽出"。所谓"抽出"就是"启发"。教育的目的在"启发"人性中所固有的求知、想好、爱美的本能，使它们尽量生展。中国儒家的最高的人生理想是"尽性"。他们说："能尽人之性，则能尽物之性；能尽物之性，则可以赞天地之化育。"教育的目的，可以说就是使人"尽性"，"发挥性之所固有"。

物有真善美三面；心有知情意三面；教育求在这三方面同时发展，于是有智育、德育、美育三节目。智育叫人研究学问、求知识、寻真理；德育叫人培养善良品格，学做人处世的方法和道理；美育叫人创造艺术，欣赏艺术与自然，在人生世相中寻出丰富的兴趣。三育对于人生本有同等的重要，但是在流行教育中，只有智育被人看重，德育在理论上的重要性也还没有人否认，至于美育则在实施与理论方面都很少有人顾及。二十年前蔡孑民先生一度提倡过"美育代宗教"，他的主张似没有发生多大的影响。还有一派人不但忽略美育，而且根本仇视美育。他们仿佛觉得艺术有几分不道德，美育对于德育有妨碍。希腊大哲学家柏拉图就以为诗和艺术是说谎的，逢迎人类卑劣情感的，多受诗和艺术的熏染，人就会失去理智的控制而变成情感的奴隶，所以他对诗人和艺术家说了一番客气话之后，就把他们逐出"理想国"的境外。中世纪基督教徒的态度也很类似。他们以倡苦行主义求来世的解脱，文艺是现世中一种快乐，所以被看成一种罪孽。近代哲学家卢梭是平等自由说的倡导者，照理应该能看得宽远一点，但是他仍是怀疑文艺，因为他把文艺和文化都看成朴素天真的腐化剂。托尔斯泰对近代西方艺术的攻击更丝毫不留情面，他以为文艺常传染不道德的情感，对于世道人心影响极坏。他在《艺术论》里说："每个有理性有道德的人应该跟着柏拉图以及耶回教师，把这问题从新这样决定：宁可不要艺术，也莫再让现在流行的腐化的虚伪的艺术继续下去。"

这些哲学家和宗教家的根本错误在认定情感是恶的，理性是善的，人要能以理性镇压感情，才达到至善。这种观念何以是错误的呢？人是一种有机体，情感和理性既都是天性固有的，就不容易拆开。造物不浪费，给我们一份家当就有一份的用处。无论情感是否可以用理性压抑下去，纵是压抑下去，也是一种损耗、一种残废。人好比一棵花草，要根茎枝叶花实都得到平均的和谐的发展，才长得繁茂有生气。有些园丁不知道尽草木之性，用人工去歪曲自然，使某一部分发达到超出常态，另一部分则受压抑摧残。这种畸形发展是不健康的状态，在草木如此，在人也是如此。理想的教育不是摧残一部分天性而去培养另一部分天性，以致造成畸形的发展；理想的教育是让天性中所有的潜蓄力量都得尽量发挥，所有的本能都得平均调和发展，以造成一个全人。所谓"全人"，除体格强壮以外，心理方面真善美的需要，必都得到满足。只顾求知而不顾其他的人是书虫，只讲道德而不顾其他的人是枯燥迂腐的清教徒，只顾爱美而不顾其他的人是颓废的享乐主义者。这三种人，都不是全人而是畸形人，精神方面的驼子跛子。养成精神方面的驼子跛子的教育，是无可辩护的。

美感教育是一种情感教育。它的重要我们的古代儒家是知道的。儒家教育特重诗，以为它可以兴观群怨；又特重礼乐，以为"礼以制其宜，乐以导其和"。《论语》有一段话总述儒家教育宗旨说："兴于诗，立于礼，成于乐。"诗、礼、乐三项可以说都属于美感教育。诗与乐相关，目的在怡情养性，养成内心的和谐（harmony）；礼重仪节，目的在使行为仪表就规范，养成生活上的秩序（order）。蕴于中的是性情，受诗与乐的陶冶而达到和谐；发于外的是行为仪表，受礼的调节而进到秩序。内具和谐而外具秩序的生活，从伦理观点看，是最善的；从美感观点看，也是最美的。儒家教育出来的人，要在伦理和美感观点都可以看得过去。

这是儒家教育思想中最值得注意的一点。他们的着重点无疑地是在道德方面，德育是他们的最后鹄的，这是他们与西方哲学家宗教家柏拉图和托尔斯泰诸人相同的。不过他们高于柏拉图和托尔斯泰诸人。因为柏拉图和托尔斯泰诸人误认美育可以妨碍德育，而儒家则认定美育为德育的必由之径。道德并非陈腐条文的遵守，而是至性真情的流露。所以德育从根本做起，必须怡情养性。美感教育的功用就在怡情养性。所以是德育的基础功夫。严格地说，善与美不但不相冲突，而且到最高境界，根本是一回事。它们的必有条件同是和谐与秩序，从伦理观点看，美是一种善；从美感观点看，善也是一种美。所以在古希腊文与近代德文中，美、善只有一个字，在中文和其他近代语文中，"善"与"美"二字虽分开，仍可互相替用。真正的善人对于生活不苟且，有如艺术家对于作品不苟且一样。过一世生活好比作一篇文章，文章求惬心贵当，生活也须求惬心贵当。我们嫌恶行为上的卑鄙龌龊,不仅因其不善,也因其丑;我们赞赏行为上的光明磊落,不仅因其善,也因其美。一个真正有美感修养的人,必定同时也有道德修养。

美育为德育的基础,英国诗人雪莱在《诗的辩护》里也说得透辟。他说:

> 道德的大原在仁爱,在脱离小我,去体验我以外的思想行为和体态的美妙。一个人如果真正做善人,必须能深广地想象,必须能设身处地替旁人想,人类的忧喜苦乐变成他的忧喜苦乐。要达到道德上的善,最大的途径是想象;诗从这根本上做功夫,所以能发生道德的影响。

换句话说,道德起于仁爱,仁爱就是同情,同情起于想象。比如你哀怜一个乞丐,你必定先能设身处地想象他的痛苦。诗和艺术对于主观的情境必能"出乎其外",对于客观的情境必能"入乎其中",在想象中领略它、玩索它，所以能扩大想象，培养同情。这种看法也与儒家学说暗合。儒家在诸德中特重"仁"，"仁"近于耶稣教的"爱"、佛教的"慈悲"，是一种天性，也是一种修养。"仁"的修养就在诗教。儒家有一句很简赅深刻的话："温柔敦厚诗教也。"诗教就是美育，温柔敦厚就是"仁"的表现。

美育不但不妨害德育，而且是德育的基础，如上所述。不过美育的价值还不仅在此。西方人有一句恒言说："艺术是解放的，给人自由的。"（Art is liberative）这句话最能见出艺术的功用，也最能见出美育的功用。现在我们就在这句话的意义上发挥。从哪几方面看，艺术和美育是"解放的，给人自由的"呢？

第一，是本能冲动和情感的解放。人类生来有许多本能冲动和附带的情感，如性欲、生存欲、占有欲、爱、恶、怜、惧之类。本自然倾向，它们都需要活动，需要发泄。但是在实际生活中，它们不但常彼此互相冲突，而且与文明社会的种种约束，如道德、宗教、法律、习俗之类不相容。我们每个人都知道，本能冲动和欲望是无穷的，而实际上有机会实现的却寥寥有数。我们有时察觉到本能冲动和欲望不大体面，不免起羞恶之心，硬把它们压抑下去；有时自己对它们虽不羞恶，而社会的压力过大，不容它们赤裸裸地暴露，也还是被压抑下去。性欲是一个最显著的例。从前哲学家宗教家大半以为这些本能冲动和情感都是卑劣的、不道德的、危险的，承认压抑是最好的处置。他们的整部道德信条，有时只在以理智镇压情欲。我们在上文已指出这种看法的不合理，说它违背了平均发展的原则，容易造成畸形发展。其实它的祸害还不仅此。弗洛伊德（Freud）派心理学告诉我们，本能冲动和附带的情感仅可暂时压抑而不可永远消灭，它们理应有自由活动的机会。如果勉强被压抑下去，表面上像是消灭了，实际上在隐意识里凝聚成精神的疮疖，为种种变态心理和精神病的根源。依弗洛伊德看，我们现代文明社会中人，因受道德宗教法律习俗的裁制，本能冲动和情感常难得正常地发泄，大半都有些"被压抑的欲望"所凝成的"情意综"（complexes）。这些"情意综"潜蓄着极强烈的捣乱力，一旦爆发，就成精神上种种病态。但是这种潜力可以借文艺而发泄，因为文艺所给的是想象世界，不受现实世界的约束和冲突。在这想象世界中，欲望可以用"望梅止渴"的办法得到满足。文艺还把带有野蛮性的本能冲动和情感提到一个较高尚较纯洁的境界去活动，所以有升华作用（sublimation）。有了文艺，本能冲动和情感才得自由发泄，不致凝成疮疖酿成精神病，它的功用有如机器方面的"安全瓣"（safety volve）。弗洛伊德的心理学有时近于怪诞，但实含有一部分真理。文艺和其他美感活动，给本能冲动和情感以自由发泄的机会，在日常经验中也可以得到证明。我们每当愁苦无聊时，费一点工夫来欣赏艺术作品或自然风景，满腹的牢骚就马上烟消云散了。读古人痛快淋漓的文章，我们常有"先得我心"的感觉。看过一部戏或是读过一部小说以后，我们觉得曾经紧张了一阵是一件痛快事。这些快感都起于本能冲动和情感在想象世界中得解放。最好的例子，是歌德著《少年维特之烦恼》的经过。他少年时爱过一个已经许人的女子，心里痛苦已极，想自杀以了一切。有一天他听到一位朋友失恋自杀的消息，想到这事和他自己的境遇相似，可以写成一部小说。他埋头两礼拜，写成《少年维特之烦恼》。把自己心中怨慕愁苦的情绪一齐倾泻到书里。书成了，他的烦恼便去了，自杀的念头也消了。从这实例看，文艺确有解放情感的功用，而解放情感对于心理健康也确有极大的裨益。我们通常说一个人情感要有所寄托，才不致枯燥烦闷。文艺是大家公认寄托情感的最好的处所。所谓的"情感有所寄托"，还是说它要有地方可以活动，可得解放。

其次是眼界的解放。宇宙生命时时刻刻在变动进展中，希腊哲人有"濯足急流，抽足再入，已非前水"的譬喻。所以在这种变动进展的过程中，每一时每一境都是个别的、新鲜的、有趣的。美感经验并无深文奥义，它只是在人生世相中见出某一时某一境特别新鲜有趣而加以流连玩味，或者把它描写出来。这句话中"见"字最紧要。我们一般人对于本来在那里的新鲜有趣的东西不容易"见"着。这是什么缘故呢？不能"见"，必有所蔽。我们通常把自己围在习惯所画成的狭小圈套里，让它把眼界"蔽"着，使我们对它以外的世界都视而不见，听而不闻。比如我们如果囿于饮食男女，饮食男女以外的事物就见不着；囿于奔走钻营，奔走钻营以外的事就见不着。有人向海边农夫称赞他们的门前海景美，他很羞涩地指着后菜园说："海没有什么，屋后的一园菜倒还是不差。"一园菜囿住了他，使他不能见到海景美。我们每个人都有所囿、有所蔽，许多东西都不能见，所见到的天地是非常狭小的、陈腐的、枯燥的。诗人和艺术家所以超过我们一般人者就在情感比较真挚、感觉比较锐敏、观察比较深刻、想象比较丰富。我们"见"不着的，他们"见"得着，并且他们"见"得到就说得出；我们本来"见"不着的，他们"见"着说出来了，就使我们也可以"见"着。像一位英国诗人所说的，他们"借他们的眼睛给我们看"（They lend their eyes for us to see）。中国人爱好自然风景的趣味是陶、谢、王、韦诸诗人所传染的。在 Turner [1] 和 Whistler [2] 以前，英国人就没有注意到泰晤士河上有雾。Byron [3] 以前，欧洲人很少赞美威尼斯。前一世纪的人崇拜自然，常咒骂城市生活和工商业文化，但是现代美国俄国的文学家，有时把城市生活和工商业文化写得也很有趣。人生的罪孽灾害通常只引起愤恨，悲剧却叫我们于罪孽灾祸中见出伟大庄严；丑陋乖讹通常只引起嫌恶，喜剧却叫我们在丑陋乖讹中见出新鲜的趣味。Rembrandt [4] 画过一些疲癃残疾的老人以后，我们见出丑中也还有美。象征诗人出来以后，许多一纵即逝的情调使人觉得精细微妙，特别值得留恋。文艺逐渐向前伸展，我们的眼界也逐渐放大，人生世相越显得丰富华严。这种眼界的解放给我们不少

1 透纳（1775—1851），英国著名画家。
2 惠斯勒（1834—1903），美国著名画家。
3 拜伦。
4 伦勃朗（1606—1669），荷兰著名画家。

的生命力量，我们觉得人生有意义，有价值，值得活下去。许多人嫌生活干燥，烦闷无聊，原因就在缺乏美感修养，见不着人生世相的新鲜有趣。这种人最容易堕落颓废，因为生命对于他们失去意义与价值。"哀莫大于心死"，所谓"心死"就是对于人生世相失去解悟与留恋，就是不能以美感态度去观照事物。美感教育不是替有闲阶级增加一件奢侈，而是使人在丰富华严的世界中，随处吸收支持生命和推展生命的活力。朱子有一首诗说："半亩方塘一鉴开，天光云影共徘徊，问渠那得清如许？为有源头活水来。"这诗所写的是一种修养的胜境。美感教育给我们的就是"源头活水"。

第三是自然限制的解放。这是德国唯心派哲学家康德、席勒、叔本华、尼采诸人所最着重的一点，现在我们用浅近语来说明它。自然世界是有限的，受因果律支配的，其中毫末细故都有它的必然性，因果线索命定它如此，它就丝毫移动不得。社会由历史铸就，人由遗传和环境造成。人的活动寸步离不开物质生存条件的支配，没有翅膀就不能飞，绝饮食就会饿死。由此类推，人在自然中是极不自由的。动植物和非生物一味顺从自然，接受它的限制，没有过分希冀也就没有失望和痛苦。人却不同，他有心灵，有不可餍的欲望，对于无翅不飞、绝食饿死之类事实总觉有些歉然。人可以说是两重奴隶，第一服从自然的限制，其次要受自己的欲望驱使。以无穷欲望处有限自然，人便觉得处处不如意、不自由，烦闷苦恼都由此起。专就物质说，人在自然面前是很渺小的，它的力量抵不住自然的力量，无论你有如何大的成就，到头终不免一死，而且科学告诉我们，人类一切成就，到最后都要和诸星球同归于毁灭。在自然圈套中求征服自然是不可能的，好比孙悟空跳来跳去，终跳不出如来佛的掌心。但是在精神方面，人可以跳开自然的圈套而征服自然。他可以在自然世界之外，另在想象中造出较能合理慰情的世界。这就是艺术的创造。在艺术创造中，人可以把自然拿在手里来玩弄，剪裁它、锤炼它，从新给以生命与形式。每一部文艺杰作以至于每人在人生自然中所欣赏到的美妙境界，都是这样创造出来的。
美感活动是人在有限中所挣扎得来的无限，在奴隶中
所挣扎得来的自由。在服从自然限制而汲汲于饮食男女
的寻求时，人是自然的奴隶；在超脱自然限制而创造欣
赏艺术境界时，人是自然的主宰。换句话说，就是上帝。
多受些美感教育，就是多学会如何从自然限制中解放出
来，由奴隶变成上帝，充分地感觉人的尊严。

爱美是人类天性，凡是天性中所固有的，必须趁适
当时机去培养，否则像花草不及时下种及时培植一样，
就会凋残萎谢。达尔文在自传里懊悔他一生专在科学上
做功夫，没有把他年轻时对于诗和音乐的兴趣保持住，
到老来他想用诗和音乐来调剂生活的枯燥，就抓不回年
轻时那种兴趣，觉得从前所爱好的诗和音乐都索然无味。
他自己说这是一部分天性的麻木。这是一个很好的前车
之鉴。美育必须从年轻时就下手。年纪愈大，外务日纷繁，
习惯的牢笼愈坚固，感觉愈迟钝，心里愈驳杂，欣赏艺
术力也就愈薄弱。我时常想，无论学哪一科专门学问，

干哪一行职业，每个人都应该会听音乐，不断地读文学作品，偶尔有欣赏图画雕刻的机会。在西方社会中，这些美感活动是每个受教育者的日常生活中的重要节目。我们中国人除专习文学艺术者以外，一般人对于艺术都漠不关心。这是最可惋惜的事。它多少表示民族生命力的低降，与精神的颓靡。从历史看，一个民族在最兴旺的时候，艺术成就必伟大，美育必发达。史诗悲剧时代的希腊、文艺复兴时代的意大利、莎士比亚时代的英国、歌德和贝多芬时代的德国，都可以为证。我们中国人，古代对于诗乐舞的嗜好也极普遍。《诗经》《礼记》《左传》诸书所记载的歌乐舞的盛况，常人觉得仿佛是置身近代欧洲社会。孔子处周衰之际，特致慨于诗亡乐坏，也是见到美育与民族兴衰的关系密切。现在，我们要想复兴民族，必须恢复周以前歌乐舞的盛况，这就是说，必须提倡普及的美感教育。这是负教育责任的人们所应该特别注意的。

谈
人

世间事物最复杂因而最难懂的莫过人，懂得
人就会懂得你自己。

朋友们：

谈美，我得从人谈起，因为美是一种价值，而价值
属于经济范畴，无论是使用还是交换，总离不开人这个
主体。何况文艺活动，无论是创造还是欣赏、批评，同
样也离不开人。

你我都是人，还不知道人是怎么回事吗？世间事物

最复杂因而最难懂的莫过人，懂得人就会懂得你自己。希腊人把"懂得你自己"看作人的最高智慧。可不是吗？人不像木石只有物质，而且还有意识，有情感，有意志，总而言之，有心灵。西方还有一句古谚："人有一半是魔鬼，一半是仙子。"魔鬼固诡诈多端，仙子也渺茫难测。

作为一种动物，人是人类学的研究对象。他经过无数亿万年才由单细胞生物发展到猿，又经过无数亿万年才由类人猿发展到人。正如人的面貌还有类人猿的遗迹，人的习性中也还保留一些兽性，即心理学家所说的"本能"。

我们这些文明人是由原始人或野蛮人演变来的，除兽性之外，也还保留着原始人的一些习性。要了解现代社会人，还须了解我们的原始祖先。所以马克思特别重视摩尔根的《古代社会》，把它细读过而且加过评注。恩格斯也根据古代社会的资料，写出《家庭、私有制和国家的起源》。在《自然辩证法》一书中，恩格斯还详细论述了劳动在从猿到人转变过程中的作用，谈到了人手的演变，这对研究美学是特别重要的。古代社会不仅是家庭、私有制和国家政权的摇篮，而且也是宗教、神话和艺术的发祥地。数典不能忘祖，这笔账不能不算。

从人类学和古代社会的研究来看，艺术和美是怎样起源的呢？并不是起于抽象概念，而是起于吃饭穿衣、男婚女嫁、猎获野兽、打群仗来劫掠食物和女俘以及劳动生产之类日常生活实践中极平凡卑微的事物。中国的儒家有一句老话："食、色，性也。""食"就是保持个体生命的经济基础，"色"就是绵延种族生命的男女配合。艺术和美也最先见于食色。汉文"美"字就起于美羹的味道，中外文都把"趣味"来指"审美力"。原始民族很早就很讲究美，从事艺术活动。他们用发亮耀眼的颜料把身体涂得漆黑或绯红，唱歌作乐和跳舞来吸引情侣，或庆祝狩猎、战争的胜利。关于这些，谷鲁斯（K.Groos）在《艺术起源》里讲得很详细，较易得到的普列汉诺夫的《没有地址的信》也可以参看。

在近代，人是心理学的主要研究对象。一个活人时时刻刻要和外界事物（自然和社会）打交道，这就是生活。生活是人从实践到认识，又从认识到实践的不断反复流转的发展过程。为着生活的需要，人在不断地改造自然和社会，同时也在不断地改造自己。心理学把这种复杂过程简化为刺激到反应往而复返的循环弧。外界事物刺激人的各种感觉神经，把映象传到脑神经中枢，在脑里引起对象的初步感性认识，激发了伏根很深的本能和情感（如快感和痛感以及较复杂的情绪和情操），发动了采取行动来应付当前局面的思考和意志，于是脑中枢把感觉神经拨转到运动神经，把这意志转达到相应的运动器官，如手足肩背之类，使它实现为行动。哲学和心理学一向把这整个运动分为知（认识）、情（情感）和意（意志）这三种活动，大体上是正确的。

心理学在近代已成为一种自然科学，在过去是附属于哲学的。过去哲学家主要是意识形态制造者，他们大半只看重认识而轻视实践，偏重感觉神经到脑中枢那一环而忽视脑中枢到运动神经那一环，也就是忽视情感、思考和意志到行动那一环。他们大半止于认识，不能把认识转化为行动。不过这种认识也可以起指导旁人行动的作用。马克思《关于费尔巴哈的提纲》第十一条说："哲学家们只是用不同的方式解释世界，而问题在于改变世界"[1]，就是针对这些人说的。

就连在认识方面，较早的哲学家们也大半过分重视"理性"认识而忽视感性认识，而他们所理解的"理性"是先验的甚至是超验的，并没有感性认识的基础。这种局面到十七八世纪启蒙运动中英国的培根和霍布斯等经验派哲学家才把它转变过来，把理性认识移置到感性认识的基础上，把理性认识看作是感性认识的进一步发展。英国经验主义在欧洲大陆上发生了深远影响，它是机械唯物主义的先驱，费尔巴哈就是一个著例。他"不满意抽象的思维而诉诸感性的直观；但是他把感性不是看作实践的、人类感性的活动"[1]，对现实事物"只是从客体的或者直观的形式去理解，而不是把它们当作人的感性活动，当作实践去理解"，结果是人作为主体的感性活动、实践活动、能动的方面，却让唯心主义抽象地发展了。而且"他没有把人的活动本身理解为客体的活动"[2]。这份《提纲》是马克思主义哲学的核心，但在用词和行文方面有些艰晦，初学者不免茫然，把它的极端重要性忽视过去。这里所要解释的主要是认识和实践的关系，也就是主体（人）和客体（对象）的关系。费尔巴哈由于片面地强调感性的直观（对客体所观照到的形状），忽视了这感性活动来自人的能动活动方面（即实践）。毛病出在他不了解人（主体）和他的认识和实践的对象（客体）既是相对立而又相依为命的，客观世界（客体）靠人来改造和认识，而人在改造客观世界中

1 马克思：《关于费尔巴哈的提纲》，《马克思恩格斯选集》第 1 卷，第 17 页，人民出版社 1972 年版。"感性的"（sinnlich），有"具体的"和"物质的"意思。
2 马克思：《关于费尔巴哈的提纲》，《马克思恩格斯选集》第 1 卷，第 16 页，人民出版社 1972 年版。"客体的"原译为"客观的"，不妥。

既体现了自己，也改造了自己。因此物（客体）之中有人（主体），人之中也有物。马克思批评费尔巴哈"没有把人的活动本身理解为客体的活动"。参加过五十年代国内美学讨论的人们都会记得多数人坚持"美是客观的"，我自己是从"美是主观的"转变到"主客观统一"的。当时我是从对客观事实的粗浅理解达到这种转变的，还没有懂得马克思在《提纲》中关于主体和客体统一的充满唯物辩证法的阐述的深刻意义。这场争论到现在似还没有彻底解决，来访或来信的朋友们还经常问到这一点，所以不嫌词费，趁此作一番说明，同时也想证明哲学（特别是马克思主义哲学）和心理学的知识对于研究美学的极端重要性。

谈到观点的转变，我还应谈一谈近代美学的真正开山祖康德这位主观唯心论者对我的影响，并且进行一点力所能及的批判。大家都知道，我过去是意大利美学家克罗齐的忠实信徒，可能还不知道对康德的信仰坚定了我对克罗齐的信仰。康德自己承认英国经验派怀疑论者

忌 · 无所事事

067

休谟把他从哲学酣梦中震醒过来，但他始终没有摆脱他的"超验"理性或"纯理性"。在《判断力的批判》上部，康德对美进行了他的有名的分析。我在《西方美学史》第十二章里对他的分析结果作了如下的概括叙述：

> 审美判断不涉及欲念和利害计较，所以有别于一般快感以及功利的和道德的活动，即不是一种实践活动；审美判断不涉及概念，所以有别于逻辑判断，即不是一种概念性认识活动；它不涉及明确的目的，所以与审美的判断有别，美并不等于（目的论中的）完善。

> 审美判断是对象的形式所引起的快感。这种形式之所以能引起快感，是因为它适应人的认识功能（即想象力和知解力），使这些功能可以自由活动并且和谐地合作。这种心理状态虽不是可以明确地认识到的，却是可以从情感的效果上感觉到的。审美的快感就是对于这种心理状态的肯

定，它可以说是对于对象形式（客体）与主体的认识功能的内外契合……所感到的快慰。这是审美判断中的基本内容。

康德的这种美的分析有一个明显的致命伤。他把审美活动和整个人的其他许多功能都割裂出来，思考力、情感和追求目的的意志在审美活动中都从人这个整体中阉割掉了，留下来的只是想象力和知解力这两种认识功能的自由运用与和谐合作所产生的那一点快感。这两种认识功能如何自由运用与和谐合作，也还是一个不可知的秘密，因为他明确地说过"审美趣味方面没有客观规则"，艺术是"由自然通过天才来规定法则的"。他把美分为"纯粹美"和"依存的"两种，"美的分析"只针对"纯粹美"，到讨论"依存美"时，康德又把他原先所否定的因素偷梁换柱式地偷运回来，前后矛盾百出。就对象（客体）方面来看也是如此，他先肯定审美活动只涉及对象的形式，也就是说，与对象的内容无关；可

忌·无所事事

069

是后来讨论"理想美"时却又说"理想是把个别事物作为适合于表现某一观念的形象显现"，这种"观念"就是"一种不确定的理性概念"，"它只能在人的形体上见出，在人的形体上，理想是道德精神的表现"。

指出如此等类的矛盾，并不是要把康德一棍子打死。康德对美学问题是经过深思熟虑的，发现其中有不少难解决的矛盾。他自己虽没有解决这些矛盾，却没有掩盖它们，而是认为可以激发后人的思考，推动美学的进一步发展。不幸的是后来他的门徒大半只发展了他的美只涉及对象的形式和主体的不带功利性的快感，即只涉及"美的分析"那一方面，而忽视了他对于"美的理想""依存美"和对"崇高"的分析那另一方面。因此就产生了"为艺术而艺术"，"形式主义"，克罗齐的"艺术即直觉"，"美学只管美感经验"，美感经验是"孤立绝缘的"（闵斯特堡）、和实际事物保持"距离"的（缪勒·弗兰因菲尔斯）以及"超现实主义"，象征派的"纯诗"运动，巴那斯派的"不动情感""取消人格"之类五花八门的流派和学说，其中有大量的歪风邪气，康德在这些方面都是始作俑者。

近一百年中对康德持异议的也大有人在。例如康德把情感和意志排斥到美的领域之外，继起的叔本华就片面强调意志，尼采就宣扬狂歌狂舞、动荡不停的"酒神精神"和"超人"，都替后来德国法西斯暴行建立了理论基础。这种事例反映了帝国主义垂危时期的社会动荡和个人自我扩张欲念的猖獗。这个时期变态心理学开始盛行，主要的代表也各有一套美学或文艺理论，都明显地受到尼采和叔本华的影响。首屈一指的是弗洛伊德。他认为原始人类婴儿对自己父母的性爱和妒忌所形成的"情意综"（男孩对母亲的性爱和对父亲的妒忌叫做"俄狄浦斯情意综"，女孩对父亲的性爱和对母亲的妒忌叫做"厄勒克特拉情意综"）到了现在还暗中作祟，采取化装，企图在文艺中得到发泄。于是文艺就成了"原始性欲本能的升华"。弗洛伊德的门徒之一阿德勒却以个人的自我扩张欲（叫做"自我本能"）代替了性欲。自我本能表现于"在人上的意志",特别是生理方面有缺陷的人受这种潜力驱遣,努力向上,来弥补这种缺陷。例如贝多芬、莫扎特和舒曼都有耳病,却都成了音乐大师。

像上面所举的这类学说现在在西方美学界还很流行,其通病和康德一样,都在把人这个整体宰割开来成为若干片段,单挑其中一块来,就说人原来如此,或是说,这一点就是打开人这个秘密的锁钥,也是打开美学秘密的锁钥。这就如同传说中的盲人摸象,这个说象是这样,那个说象是那样,实际上都不知道真象究竟是个啥样。

谈到这里,不妨趁便提一下,十九世纪以来西方美学界在研究方法上有机械观与有机观的分野。机械观来源于牛顿的物理学。物理学的对象本来是可以拆散开来分零件研究,把零件合拢起来又可以还原的。有机观来源于生物学和有机化学。有机体除单纯的物质之外还有生命,这就必须从整体来看,分割开来,生命就消灭了。解剖死尸,就无法把活人还原出来。机械观是一种形而上学，有机观就接近于唯物辩证法。上文所举的康德以来的一些美学家主要是持机械观的。当时美学界有没有持有机观的呢？为数不多，德国大诗人歌德便是一个著例，他在《搜藏家和他的伙伴们》的第五封信中有一段话是我经常爱引的：

> 人是一个整体，一个多方面的内在联系着的各种能力的统一体。艺术作品必须向人这个整体说话，必须适应人的这种丰富的统一体，这种单一的杂多。

这就是有机观。这是伟大诗人从长期文艺创作和文艺欣赏中所得到的经验教训，不是从抽象概念中出来的。着重人的整体这种有机观，后来在马克思的《经济学—哲学手稿》里得到进一步发展，为辩证唯物主义和历史唯物主义奠定了基础。关于这一点，我们在以后的信里还要详谈。

我们对于一棵古松的三种态度

——实用的、科学的、美感的

有审美的眼睛才能见到美。

我刚才说，一切事物都有几种看法。你说一件事物是美的或是丑的，这也只是一种看法。换一个看法，你说它是真的或是假的；再换一种看法，你说它是善的或是恶的。同是一件事物，看法有多种，所看出来的现象也就有多种。

比如园里那一棵古松，无论是你是我或是任何人一看到它，都说它是古松。但是你从正面看，我从侧面看，你以幼年人的心境去看，我以中年人的心境去看，这些情境和性格的差异都能影响到所看到的古松的面目。古松虽只是一件事物，你所看到的和我所看到的古松却是两件事。假如你和我各把所得的古松的印象画成一幅画或是写成一首诗，我们俩艺术手腕尽管不分上下，你的诗和画与我的诗和画相比较，却有许多重要的异点。这是什么缘故呢？这就由于知觉不完全是客观的，各人所见到的物的形象都带有几分主观的色彩。

假如你是一位木商，我是一位植物学家，另外一位朋友是画家，三人同时来看这棵古松。我们三人可以说同时都"知觉"到这一棵树，可是三人所"知觉"到的却是三种不同的东西。你脱离不了你的木商的心习，你所知觉到的只是一棵做某事用值几多钱的木料。我也脱离不了我的植物学家的心习，我所知觉到的只是一棵叶为针状、果为球状、四季常青的显花植物。我们的朋友——画家——什么事都不管，只管审美，他所知觉到的只是一棵苍翠劲拔的古树。我们三人的反应态度也不一致。你心里盘算它是宜于架屋或是制器，思量怎样去买它，砍它，运它。我把它归到某类某科里去，注意它和其他松树的异点，思量它何以活得这样老。我们的朋友却不这样东想西想，他只在聚精会神地观赏它的苍翠的颜色，它的盘屈如龙蛇的线纹以及它的昂然高举、不受屈挠的气概。

从此可知这棵古松并不是一件固定的东西，它的形象随观者的性格和情趣而变化。各人所见到的古松的形象都是各人自己性格和情趣的返照。古松的形象一半是天生的，一半也是人为的。极平常的知觉都带有几分创造性；极客观的东西之中都有几分主观的成分。

美也是如此。有审美的眼睛才能见到美。这棵古松对于我们的画画的朋友是美的，因为他去看它时就抱了美感的态度。你和我如果也想见到它的美，你须得把你那种木商的实用的态度丢开，我须得把植物学家的科学的态度丢开，专持美感的态度去看它。

这三种态度有什么分别呢？

先说实用的态度。做人的第一件大事就是维持生活。既要生活，就要讲究如何利用环境。"环境"包含我自己以外的一切人和物在内，这些人和物有些对于我的生活有益，有些对于我的生活有害，有些对于我不关痛痒。我对于他们于是有爱恶的情感，有趋就或逃避的意志和活动。这就是实用的态度。实用的态度起于实用的知觉，实用的知觉起于经验。小孩子初出世，第一次遇见火就伸手去抓，被它烧痛了，以后他再遇见火，便认识它是什么东西，便明了它是烧痛手指的，火对于他于是有意义。事物本来都是很混乱的，人为便利实用起见，才像被火烧过的小孩子根据经验把四围事物分类立名，说天天吃的东西叫做"饭"，天天穿的东西叫做"衣"，某种人是朋友，某种人是仇敌，于是事物才有所谓"意义"。意义大半都起于实用。在许多人看，衣除了是穿的，饭除了是吃的，女人除了是生小孩的一类意义之外，便寻不出其他意义。所谓"知觉"，就是感官接触某种人或物时心里明了他的意义。明了他的意义起初都只是明了他的实用。明了实用之后，才可以对他起反应动作，或是爱他，或是恶他，或是求他，或是拒他。木商看古松的态度便是如此。

科学的态度则不然。它纯粹是客观的，理论的。所谓客观的态度就是把自己的成见和情感完全丢开，专以"无所为而为"的精神去探求真理。理论是和实用相对的。理论本来可以见诸实用，但是科学家的直接目的却不在于实用。科学家见到一个美人，不说我要去向她求婚，她可以替我生儿子，只说我看她这人很有趣味，我要来研究她的生理构造，分析她的心理组织。科学家见到一堆粪，不说它的气味太坏，我要掩鼻走开，只说这堆粪是一个病人排泄的，我要分析它的化学成分，看看有没有病菌在里面。科学家自然也有见到美人就求婚、见到粪就掩鼻走开的时候，但是那时候他已经由科学家还到实际人的地位了。科学的态度之中很少有情感和意志，它的最重要的心理活动是抽象的思考。科学家要在这个混乱的世界中寻出事物的关系和条理，纳个物于概念，从原理演个例，分出某者为因，某者为果，某者为特征，某者为偶然性。植物学家看古松的态度便是如此。

木商由古松而想到架屋、制器、赚钱等等，植物学家由古松而想到根茎花叶、日光水分等等，他们的意识都不能停止在古松本身上面。不过把古松当作一块踏脚石，由它跳到和它有关系的种种事物上面去。所以在实用的态度中和科学的态度中，所得到的事物的意象都不是独立的、绝缘的，观者的注意力都不是专注在所观事物本身上面的。注意力的集中，意象的孤立绝缘，便是美感的态度的最大特点。比如我们的画画的朋友看古松，他把全副精神都注在松的本身上面，古松对于他便成了一个独立自足的世界。他忘记他的妻子在家里等柴烧饭，他忘记松树在植物教科书里叫做显花植物，总而言之，古松完全占领住他的意识，古松以外的世界他都视而不见、听而不闻了。他只把古松摆在心眼面前当作一幅画去玩味。他不计较实用，所以心中没有意志和欲念；他不推求关系、条理、因果等等，所以不用抽象的思考。

这种脱净了意志和抽象思考的心理活动叫做"直觉",直觉所见到的孤立绝缘的意象叫做"形象"。美感经验就是形象的直觉,美就是事物呈现形象于直觉时的特质。

实用的态度以善为最高目的,科学的态度以真为最高目的,美感的态度以美为最高目的。在实用态度中,我们的注意力偏在事物对于人的利害,心理活动偏重意志;在科学的态度中,我们的注意力偏在事物间的互相关系,心理活动偏重抽象的思考;在美感的态度中,我们的注意力专在事物本身的形象,心理活动偏重直觉。真善美都是人所定的价值,不是事物所本有的特质。离开人的观点而言,事物都混然无别,善恶、真伪、美丑就漫无意义。真善美都含有若干主观的成分。

就"用"字的狭义说,美是最没有用处的。科学家的目的虽只在辨别真伪,他所得的结果却可效用于人类社会。美的事物如诗文、图画、雕刻、音乐等等都是寒不可以为衣,饥不可以为食的。从实用的观点看,许多艺术家都是太不切实用的人物。然则我们又何必来讲美呢？人性本来是多方的，需要也是多方的。真善美三者俱备才可以算是完全的人。人性中本有饮食欲，渴而无所饮，饥而无所食，固然是一种缺乏；人性中本有求知欲而没有科学的活动，本有美的嗜好而没有美感的活动，也未始不是一种缺乏。真和美的需要也是人生中的一种饥渴——精神上的饥渴。疾病衰老的身体才没有口腹的饥渴。同理，你遇到一个没有精神上的饥渴的人或民族，你可以断定他的心灵已到了疾病衰老的状态。

　　人所以异于其他动物的就是于饮食男女之外还有更高尚的企求，美就是其中之一。是壶就可以贮茶，何必又求它形式、花样、颜色都要好看呢？吃饱了饭就可以睡觉，何必又呕心血去作诗、画画、奏乐呢？"生命"是与"活动"同义的，活动愈自由，生命也就愈有意义。人的实用的活动全是有所为而为，是受环境需要限制的；人的美感的活动全是无所为而为，是环境不需要他活动而他自己愿意去活动的。在有所为而为的活动中，人是环境需要的奴隶；在无所为而为的活动中，人是自己心灵的主宰。这是单就人说，就物说呢，在实用的和科学的世界中，事物都借着和其他事物发生关系而得到意义，到了孤立绝缘时就都没有意义；但是在美感世界中它却能孤立绝缘，却能在本身现出价值。照这样看，我们可以说，美是事物的最有价值的一面，美感的经验是人生中最有价值的一面。

许多轰轰烈烈的英雄和美人都过去了，许多轰轰烈烈的成功和失败也都过去了，只有艺术作品真正是不朽的。数千年前的《采采卷耳》和《孔雀东南飞》的作者还能在我们心里点燃很强烈的火焰，虽然在当时他们不过是大皇帝脚下的不知名的小百姓。秦始皇并吞六国，统一车书；曹孟德带八十万人马下江东，舳舻千里；旌旗蔽空，这些惊心动魄的成败对于你有什么意义？对于我有什么意义？但是长城和《短歌行》对于我们还是很亲切的，还可以使我们心领神会这些骸骨不存的精神气魄。这几段墙在，这几句诗在，他们永远对于人是亲切的。由此例推，在几千年或是几万年以后看现在纷纷扰扰的"帝国主义""反帝国主义""主席""代表""电影明星"之类对于人有什么意义？我们这个时代是否也有类似长城和《短歌行》的纪念坊留给后人，让他们觉得我们也还是很亲切的吗？悠悠的过去只是一片漆黑的天空，我们所以还能认识出来这漆黑的天空者，全赖思想家和艺术家所散布的几点星光。朋友，让我们珍重这几点星光！让我们也努力散布几点星光去照耀那和过去一般漆黑的未来！

『当局者迷，旁观者清』

——艺术和实际人生的距离

美和实际人生有一个距离，要见出事物本身的美，须把它摆在适当的距离之外去看。

有几件事实我觉得很有趣味，不知道你有同感没有？

我的寓所后面有一条小河通莱茵河。我在晚间常到那里散步一次，走成了习惯，总是沿东岸去，过桥沿西岸回来。走东岸时我觉得西岸的景物比东岸的美；走西岸时适得其反，东岸的景物又比西岸的美。对岸的草木房屋固然比较这边的美，但是它们又不如河里的倒影。

同是一棵树，看它的正身本极平凡，看它的倒影却带有几分另一世界的色彩。我平时又欢喜看烟雾朦胧的远树、大雪笼盖的世界和更深夜静的月景。本来是习见不以为奇的东西，让雾、雪、月盖上一层白纱，便见得很美丽。

北方人初看到西湖，平原人初看到峨眉，虽然审美力薄弱的村夫，也惊讶它们的奇景；但在生长在西湖或峨眉的人除了以居近名胜自豪以外，心里往往觉得西湖和峨眉实在也不过如此。新奇的地方都比熟悉的地方美，东方人初到西方，或是西方人初到东方，都往往觉得面前景物件件值得玩味。本地人自以为不合时尚的服装和举动，在外方人看，却往往有一种美的意味。

古董癖也是很奇怪的。一个周朝的铜鼎或是一个汉朝的瓦瓶在当时也不过是盛酒盛肉的日常用具，在现在却变成很稀有的艺术品。固然有些好古董的人是贪它值钱，但是觉得古董实在可玩味的人却不少。我到外国人家去时，主人常欢喜拿一点中国东西给我看。这总不外瓷罗汉、蟒袍、渔樵耕读图之类的装饰品，我看到每每觉得羞涩，而主人却诚心诚意地夸奖它们好看。

种田人常羡慕读书人，读书人也常羡慕种田人。竹篱瓜架旁的黄粱浊酒和朱门大厦中的山珍海鲜，在旁观者所看出来的滋味都比当局者亲口尝出来的好。读陶渊明的诗，我们常觉到农人的生活真是理想的生活，可是农人自己在烈日寒风之中耕作时所尝到的况味，绝不似陶渊明所描写的那样闲逸。

人常是不满意自己的境遇而羡慕他人的境遇，所以俗语说："家花不比野花香。"人对于现在和过去的态度也有同样的分别。本来是很酸辛的遭遇，到后来往往变成很甜美的回忆。我小时在乡下住，早晨看到的是那几座茅屋、几畦田、几排青山，晚上看到的也还是那几座茅屋，几畦田，几排青山，觉得它们真是单调无味，现在回忆起来，却不免有些留恋。

这些经验你一定也注意到的。它们是什么缘故呢？

这全是观点和态度的差别。看倒影，看过去，看旁人的境遇，看稀奇的景物，都好比站在陆地上远看海雾，不受实际的切身的利害牵绊，能安闲自在地玩味目前美妙的景致。看正身，看现在，看自己的境遇，看习见的景物，都好比乘海船遇着海雾，只知它妨碍呼吸，只嫌它耽误程期，预兆危险，没有心思去玩味它的美妙。持实用的态度看事物，它们都只是实际生活的工具或障碍物，都只能引起欲念或嫌恶。要见出事物本身的美，我们一定要从实用世界跳开，以"无所为而为"的精神欣赏它们本身的形象。总而言之，美和实际人生有一个距离，要见出事物本身的美，须把它摆在适当的距离之外去看。

再就上面的实例说，树的倒影何以比正身美呢？它的正身是实用世界中的一片段，它和人发生过许多实用的关系。人一看见它，不免想到它在实用上的意义，发生许多实际生活的联想。它是避风息凉的或是架屋烧火的东西。在散步时我们没有这些需要，所以就觉得它没有趣味。倒影是隔着一个世界的，是幻境的，是与实际人生无直接关联的。我们一看到它，就立刻注意到它的

忌·无所事事

087

轮廓、线纹和颜色，好比看一幅图画一样。这是形象的直觉，所以是美感的经验。总而言之，正身和实际人生没有距离，倒影和实际人生有距离，美的差别即起于此。

同理，游历新境时最容易见出事物的美。习见的环境都已变成实用的工具。比如我久住在一个城市里面，出门看见一条街就想到朝某方向走是某家酒店，朝某方向走是某家银行；看见了一座房子就想到它是某个朋友的住宅，或是某个总长的衙门。这样的"由盘而之钟"，我的注意力就迁到旁的事物上去，不能专心致志地看这条街或是这座房子究竟像个什么样子。在崭新的环境中，我还没有认识事物的实用的意义，事物还没有变成实用的工具，一条街还只是一条街而不是到某银行或某酒店的指路标，一座房子还只是某颜色某线形的组合而不是私家住宅或是总长衙门，所以我能见出它们本身的美。

一件本来惹人嫌恶的事情，如果你把它推远一点看，往往可以成为很美的意象。卓文君不守寡，私奔司马相如，陪他当垆卖酒。我们现在把这段情史传为佳话。我们读李长吉的"长卿怀茂陵，绿草垂石井，弹琴看文君，春风吹鬓影"几句诗，觉得它是多么幽美的一幅画！但是在当时人看，卓文君失节却是一件秽行丑迹。袁子才尝刻一方"钱塘苏小是乡亲"的印，看他的口吻是多么自豪！但是钱塘苏小究竟是怎样的一个伟人？她原来不过是南朝的一个妓女。和这个妓女同时的人谁肯攀她做"乡亲"呢？当时的人受实际问题的牵绊，不能把这些人物的行为从极繁复的社会信仰和利害观念的圈套中划出来，当作美丽的意象来观赏。我们在时过境迁之后，不受当时的实际问题的牵绊，所以能把它们当作有趣的故事来谈。它们在当时和实际人生的距离太近，到现在则和实际人生距离较远了，好比经过一些年代的老酒，已失去它的原来的辣性，只留下纯淡的滋味。

　　一般人迫于实际生活的需要，都把利害认得太真，不能站在适当的距离之外去看人生世相，于是这丰富华严的世界，除了可效用于饮食男女的营求之外，便无其他意义。他们一看到瓜就想它是可以摘来吃的，一看到

忌·无所事事

漂亮的女子就起性欲的冲动。他们完全是占有欲的奴隶。花长在园里何尝不可以供欣赏？他们却欢喜把它摘下来挂在自己的襟上或是插在自己的瓶里。一个海边的农夫逢人称赞他的门前海景时，便很羞涩地回过头来指着屋后一园菜说："门前虽没有什么可看的，屋后这一园菜却还不差。"许多人如果不知道周鼎汉瓶是很值钱的古董，我相信他们宁愿要一个不易打烂的铁锅或瓷罐，不愿要那些不能煮饭藏菜的破铜破铁。这些人都是不能在艺术品或自然美和实际人生之中维持一种适当的距离。

　　艺术家和审美者的本领就在能不让屋后的一园菜压倒门前的海景，不拿盛酒盛菜的标准去估定周鼎汉瓶的价值，不把一条街当作到某酒店和某银行去的指路标。他们能跳开利害的圈套，只聚精会神地观赏事物本身的形象。他们知道在美的事物和实际人生之中维持一种适当的距离。

　　我说"距离"时总不忘冠上"适当的"三个字，这是要注意的。"距离"可以太过，可以不及。艺术一方面要能使人从实际生活牵绊中解放出来，一方面也要使人能了解，能欣赏，"距离"不及，容易使人回到实用世界，距离太远，又容易使人无法了解欣赏。这个道理可以拿一个浅例来说明。

王渔洋的《秋柳诗》中有两句说："相逢南雁皆愁侣，好语西乌莫夜飞。"在不知这诗的历史的人看来，这两句诗是漫无意义的，这就是说，它的距离太远，读者不能了解它，所以无法欣赏它。《秋柳诗》原来是悼明亡的，"南雁"是指国亡无所依附的故旧大臣，"西乌"是指有意屈节降清的人物。假使读这两句诗的人自己也是一个"遗老"，他对于这两句诗的情感一定比旁人较能了解。但是他不一定能取欣赏的态度，因为他容易看这两句诗而自伤身世，想到种种实际人生问题上面去，不能把注意力专注在诗的意象上面，这就是说，《秋柳诗》对于他的实际生活距离太近了，容易把他由美感的世界引回到实用的世界。

许多人欢喜从道德的观点来谈文艺，从韩昌黎的"文以载道"说起，一直到现代"革命文学"以文学为宣传的工具止，都是把艺术硬拉回到实用的世界里去。一个乡下人看戏，看见演曹操的角色扮老奸巨猾的样子惟妙惟肖，不觉义愤填胸，提刀跳上舞台，把他杀了。从道德的观点评艺术的人们都有些类似这位杀曹操的乡下佬，义气虽然是义气，无奈是不得其时、不得其地。他们不知道道德是实际人生的规范，而艺术是与实际人生有距离的。

　　艺术须与实际人生有距离，所以艺术与极端的写实主义不相容。写实主义的理想在妙肖人生和自然，但是艺术如果真正做到妙肖人生和自然的境界，总不免把观者引回到实际人生，使他的注意力旁迁于种种无关美感的问题，不能专心致志地欣赏形象本身的美。比如裸体女子的照片常不免容易刺激性欲，而裸体雕像如《密罗斯爱神》，裸体画像如法国安格尔的《汲泉女》，都只能令人肃然起敬。这是什么缘故呢？这就是因为照片太逼肖自然，容易像实物一样引起人的实用的态度；雕刻和图画都带有若干形式化和理想化，都有几分不自然，所以不易被人误认为实际人生中的一片段。

艺术上有许多地方，乍看起来，似乎不近情理。古希腊和中国旧戏的角色往往戴面具、穿高底鞋，表演时用歌唱的声调，不像平常说话。埃及雕刻对于人体加以抽象化，往往千篇一律。波斯图案画把人物的肢体加以不自然的扭屈，中世纪"哥特式"诸大教寺的雕像把人物的肢体加以不自然的延长。中国和西方古代的画都不用远近阴影。这种艺术上的形式化往往遭浅人唾骂，它固然时有流弊，其实也含有至理。这些风格的创始者都未尝不知道它不自然，但是他们的目的正在使艺术和自然之中有一种距离。说话不押韵，不论平仄，作诗却要押韵，要论平仄，道理也是如此。艺术本来是弥补人生和自然缺陷的。如果艺术的最高目的仅在妙肖人生和自然，我们既已有人生和自然了，又何取乎艺术呢？

艺术都是主观的，都是作者情感的流露，但是它一定要经过几分客观化。艺术都要有情感，但是只有情感不一定就是艺术。许多人本来是笨伯而自信是可能的诗人或艺术家。他们常埋怨道："可惜我不是一个文学家，否则我的生平可以写成一部很好的小说。"富于艺术材料的生活何以不能产生艺术呢？艺术所用的情感并不是生糙的而是经过反省的。蔡琰在丢开亲生子回国时决写不出《悲愤诗》，杜甫在"入门闻号咷，幼子饥已卒"时决写不出《自京赴奉先县咏怀五百字》。这两首诗都是"痛定思痛"的结果。艺术家在写切身的情感时，都不能同时在这种情感中过活，必定把它加以客观化，必定由站在主位的尝受者退为站在客位的观赏者。一般人不能把切身的经验放在一种距离以外去看，所以情感尽管深刻，经验尽管丰富，终不能创造艺术。

『子非鱼，安知鱼之乐？』

——宇宙的人情化

所谓美感经验，其实不过是在聚精会神之中，我的情趣和物的情趣往复回流而已。

庄子与惠子游于濠梁之上。

庄子曰："鲦鱼出游从容，是鱼之乐也！"

惠子曰："子非鱼，安知鱼之乐？"

庄子曰："子非我，安知我不知鱼之乐？"

这是《庄子·秋水》篇里的一段故事，是你平时所欢喜玩味的。我现在借这段故事来说明美感经验中的一个极有趣味的道理。

我们通常都有"以己度人"的脾气，因为有这个脾气，对于自己以外的人和物才能了解。严格地说，各个人都只能直接地了解他自己，都只能知道自己处某种境地，有某种知觉，生某种情感。至于知道旁人旁物处某种境地、有某种知觉、生某种情感时，则是凭自己的经验推测出来的。比如我知道自己在笑时心里欢喜，在哭时心里悲痛，看到旁人笑也就以为他心里欢喜，看见旁人哭也以为他心里悲痛。我知道旁人旁物的知觉和情感如何，都是拿自己的知觉和情感来比拟的。我只知道自己，我知道旁人旁物时是把旁人旁物看成自己，或是把自己推到旁人旁物的地位。庄子看到鲦鱼"出游从容"便觉得它乐，因为他自己对于"出游从容"的滋味是有经验的。人与人，人与物，都有共同之点，所以他们都有互相感通之点。假如庄子不是鱼就无从知鱼之乐，每个人就要各成孤立世界，和其他人物都隔着一层密不通风的墙壁，人与人以及人与物之中便无心灵交通的可能了。

这种"推己及物""设身处地"的心理活动不尽是有意的，出于理智的，所以它往往发生幻觉。鱼没有反省的意识，是否能够像人一样"乐"，这种问题大概在庄子时代的动物心理学也还没有解决，而庄子硬拿"乐"字来形容鱼的心境，其实不过把他自己的"乐"的心境外射到鱼的身上罢了，他的话未必有科学的谨严与精确。我们知觉外物，常把自己所得的感觉外射到物的本身上去，把它误认为物所固有的属性，于是本来在我的就变成在物的了。比如我们说"花是红的"时，是把红看作花所固有的属性，好像是以为纵使没有人去知觉它，它也还是在那里。其实花本身只有使人觉到红的可能性，至于红却是视觉的结果。红是长度为若干的光波射到眼球网膜上所生的印象。如果光波长一点或是短一点，眼球网膜的构造换一个样子，红的色觉便不会发生。患色盲的人根本就不能辨别红色，就是眼睛健全的人在薄暮光线暗淡时也不能把红色和绿色分得清楚，从此可知，严格地说，我们只能说"我觉得花是红的"。我们通常都把"我觉得"三字略去而直说"花是红的"，于是在我的感觉遂被误认为在物的属性了。日常对于外物的知觉都可作如是观。"天气冷"其实只是"我觉得天气冷"，鱼也许和我不一致；"石头太沉重"其实只是"我觉得它太沉重"，大力士或许还嫌它太轻。

云何尝能飞？泉何尝能跃？我们却常说云飞泉跃；山何尝能鸣？谷何尝能应？我们却常说山鸣谷应。在说云飞泉跃、山鸣谷应时，我们比说花红、石头重，又更进一层了。原来我们只把在我的感觉误认为在物的属性，现在我们却把无生气的东西看成有生气的东西，把它们看作我们的侪辈，觉得它们也有性格，也有情感，也能活动。这两种说话的方法虽不同，道理却是一样，都是根据自己的经验来了解外物。这种心理活动通常叫做"移情作用"。

"移情作用"是把自己的情感移到外物身上去，仿佛觉得外物也有同样的情感。这是一个极普遍的经验。

自己在欢喜时，大地山河都在扬眉带笑；自己在悲伤时，风云花鸟都在叹气凝愁。惜别时蜡烛可以垂泪，兴到时青山亦觉点头。柳絮有时"轻狂"，晚峰有时"清苦"。陶渊明何以爱菊呢？因为他在傲霜残枝中见出孤臣的劲节；林和靖何以爱梅呢？因为他在暗香疏影中见出隐者的高标。

从这几个实例看，我们可以看出移情作用是和美感经验有密切关系的。移情作用不一定就是美感经验，而美感经验却常含有移情作用。美感经验中的移情作用不单是由我及物的，同时也是由物及我的；它不仅把我的性格和情感移注于物，同时也把物的姿态吸收于我。所谓美感经验，其实不过是在聚精会神之中，我的情趣和物的情趣往复回流而已。

姑先说欣赏自然美。比如我在观赏一棵古松，我的心境是什么样状态呢？我的注意力完全集中在古松本身的形象上，我的意识之中除了古松的意象之外，一无所有。在这个时候，我的实用的意志和科学的思考都完全

忌·无所事事

失其作用，我没有心思去分别我是我而古松是古松。古松的形象引起清风亮节的类似联想，我心中便隐约觉到清风亮节所常伴着的情感。因为我忘记古松和我是两件事，我就于无意之中把这种清风亮节的气概移置到古松上面去，仿佛古松原来就有这种性格。同时我又不知不觉地受古松的这种性格影响，自己也振作起来，模仿它那一副苍老劲拔的姿态。所以古松俨然变成一个人，人也俨然变成一棵古松。真正的美感经验都是如此，都要达到物我同一的境界，在物我同一的境界中，移情作用最容易发生，因为我们根本就不分辨所生的情感到底是属于我还是属于物的。

再说欣赏艺术美，比如说听音乐。我们常觉得某种乐调快活，某种乐调悲伤。乐调自身本来只有高低、长短、急缓、宏纤的分别，而不能有快乐和悲伤的分别。换句话说，乐调只能有物理而不能有人情。我们何以觉得这本来只有物理的东西居然有人情呢？这也是由于移情作用。这里的移情作用是如何起来的呢？音乐的命脉在节奏。节奏就是长短、高低、急缓、宏纤相继承的关系。这些关系前后不同，听者所费的心力和所用的心的活动也不一致。因此听者心中自起一种节奏和音乐的节奏相平行。听一曲高而缓的调子，心力也随之作一种高而缓的活动；听一曲低而急的调子，心力也随之作一种低而急的活动。这种高而缓或是低而急的心力活动，常蔓延浸润到全部心境，使它变成和高而缓的活动或是低而急的活动相同调，于是听者心中遂感觉一种欢欣鼓舞或是抑郁凄恻的情调。这种情调本来属于听者，在聚精会神之中，他把这种情调外射出去，于是音乐也就有快乐和悲伤的分别了。

再比如说书法。书法在中国向来自成艺术，和图画有同等的身份，近来才有人怀疑它是否可以列于艺术，这般人大概是看到西方艺术史中向来不留位置给书法，所以觉得中国人看重书法有些离奇。其实书法可列于艺术，是无可置疑的。它可以表现性格和情趣。颜鲁公的字就像颜鲁公，赵孟頫的字就像赵孟頫。所以字也可以说是抒情的，不但是抒情的，而且是可以引起移情作用的。横直钩点等等笔画原来是墨涂的痕迹，它们不是高人雅士，原来没有什么"骨力""姿态""神韵"和"气魄"。但是在名家书法中我们常觉到"骨力""姿态""神韵"和"气魄"。我们说柳公权的字"劲拔"，赵孟頫的字"秀媚"，这都是把墨涂的痕迹看作有生气有性格的东西，都是把字在心中所引起的意象移到字的本身上面去。

移情作用往往带有无意的模仿。我在看颜鲁公的字时，仿佛对着巍峨的高峰，不知不觉地耸肩聚眉，全身的筋肉都紧张起来，模仿它的严肃；我在看赵孟頫的字时，仿佛对着临风荡漾的柳条，不知不觉地展颐摆腰，全身的筋肉都松懈起来，模仿它的秀媚。从心理学看，这本来不是奇事。凡是观念都有实现于运动的倾向。念到跳舞时脚往往不自主地跳动，念到"山"字时口舌往往不由自主地说出"山"字。通常观念往往不能实现于动作者，由于同时有反对的观念阻止它。同时念到打球又念到泅水，则既不能打球，又不能泅水。如果心中只有一个观念，没有旁的观念和它对敌，则它常自动地现于运动。聚精会神看赛跑时，自己也往往不知不觉地弯起胳膊动起脚来，便是一个好例。在美感经验之中，注意力都是集中在一个意象上面，所以极容易起模仿的运动。

移情的现象可以称之为"宇宙的人情化"，因为有移情作用，然后本来只有物理的东西可具人情，本来无生气的东西可有生气。从理智观点看，移情作用是一种错觉，是一种迷信。但是如果把它勾销，不但艺术无由产生，即宗教也无由出现。艺术和宗教都是把宇宙加以生气化和人情化，把人和物的距离以及人和神的距离都缩小。它们都带有若干神秘主义的色彩。所谓神秘主义其实并没有什么神秘，不过是在寻常事物之中见出不寻常的意义。这仍然是移情作用。从一草一木之中见出生气和人情以至于极玄奥的泛神主义，深浅程度虽有不同，道理却是一样。

美感经验既是人的情趣和物的姿态的往复回流，我们可以从这个前提中抽出两个结论来：

一、物的形象是人的情趣的返照。物的意蕴深浅和人的性分密切相关。深人所见于物者亦深，浅人所见于物者亦浅。比如一朵含露的花，在这个人看来只是一朵平常的花，在那个人看或以为它含泪凝愁，在另一个人看或以为它能象征人生和宇宙的妙谛。一朵花如此，一切事物也是如此。因我把自己的意蕴和情趣移于物，物才能呈现我所见到的形象。我们可以说，各人的世界都由各人的自我伸张而成。欣赏中都含有几分创造性。

二、人不但移情于物，还要吸收物的姿态于自我，还要不知不觉地模仿物的形象。所以美感经验的直接目的虽不在陶冶性情，而却有陶冶性情的功效。心里印着美的意象，常受美的意象浸润，自然也可以少存些浊念。苏东坡诗说："宁可食无肉，不可居无竹；无肉令人瘦，无竹令人俗。"竹不过是美的形象之一种，一切美的事物都有不令人俗的功效。

希腊女神的雕像和血色鲜丽的英国姑娘
——美感与快感

我们对于一件艺术作品欣赏的浓度愈大，就愈不觉得自己是在欣赏它，愈不觉得所生的感觉是愉快的。

我在以上三章所说的话都是回答"美感是什么"这个问题。我们说过，美感起于形象的直觉。它有两个要素：

一、目前意象和实际人生之中有一种适当的距离。我们只观赏这种孤立绝缘的意象，一不问它和其他事物的关系如何，二不问它对于人的效用如何。思考和欲念都暂时失其作用。

二、在观赏这种意象时，我们处于聚精会神以至于物我两忘的境界，所以于无意之中以我的情趣移注于物，以物的姿态移注于我。这是一种极自由的（因为是不受实用目的牵绊的）活动，说它是欣赏也可，说它是创造也可，美就是这种活动的产品，不是天生现成的。

这是我们的立脚点。在这个立脚点上站稳，我们可以打倒许多关于美感的误解。在以下两三章里我要说明美感不是许多人所想象的那么一回事。

我们第一步先打倒享乐主义的美学。

"美"字是不要本钱的，喝一杯滋味好的酒，你称赞它"美"；看见一朵颜色很鲜明的花，你称赞它"美"；碰见一位年轻姑娘，你称赞她"美"；读一首诗或是看一座雕像，你也还是称赞它"美"。这些经验显然不尽是一致的。究竟怎样才算"美"呢？一般人虽然不知道什么叫做"美"，但是都知道什么样就是愉快。拿一幅画给一个小孩子或是未受艺术教育的人看，征求他的意见，他总是说"很好看"。如果追问他"它何以好看？"他不外是回答说："我欢喜看它，看了它就觉得很愉快。"通常人所谓"美"大半就是指"好看"，指"愉快"。

不仅是普通人如此，许多声名煊赫的文艺批评家也把美感和快感混为一件事。英国十九世纪有一位学者叫做罗斯金，他著过几十册书谈建筑和图画，就曾经很坦白地告诉人说："我从来没有看见过一座希腊女神雕像，有一位血色鲜丽的英国姑娘的一半美。"从愉快的标准看，血色鲜丽的姑娘引诱力自然是比女神雕像的大；但是你觉得一位姑娘"美"和你觉得一座女神雕像"美"时是否相同呢？《红楼梦》里的刘姥姥想来不一定有什么风韵，虽然不能邀罗斯金的青眼，在艺术上却仍不失其为美。一个很漂亮的姑娘同时做许多画家的"模特儿"，可是她的画像在一百张之中不一定有一张比得上伦勃朗（荷兰人物画家）的"老太婆"。英国姑娘的"美"和希腊女神雕像的"美"显然是两件事，一个是只能引起快感的，一个是只能引起美感的。罗斯金的错误在把英国姑娘的引诱性做"美"的标准，去测量艺术作品。艺术是另一世界里的东西，对于实际人生没有引诱性，所以他以为比不上血色鲜丽的英国姑娘。

美感和快感究竟有什么分别呢？有些人见到快感不尽是美感，替它们勉强定一个分别来，却又往往不符事实。英国有一派主张"享乐主义"的美学家就是如此。他们所见到的分别彼此又不一致。有人说耳、目是"高等感官"，其余鼻、舌、皮肤、筋肉等等都是"低等感官"，只有"高等感官"可以尝到美感而"低等感官"则只能尝到快感。有人说引起美感的东西可以同时引起许多人的美感，引起快感的东西则对于这个人引起快感，对于那个人或引起不快感。美感有普遍性，快感没有普遍性。这些学说在历史上都发生过影响，如果分析起来，都是一钱不值。拿什么标准说耳、目是"高等感官"？耳、目得来的有些是美感，有些也只是快感，我们如何去分别？"客散茶甘留舌本"，"冰肌玉骨，自清凉无汗"等名句是否与"低等感官"不能得美感之说相容？

至于普遍不普遍的话更不足为凭。口腹有同嗜而艺术趣味却往往随人而异。陈年花雕是吃酒的人大半都称赞它美的，一般人却不能欣赏后期印象派的图画。我曾经听过一位很时髦的英国老太婆说道："我从来没有见过比金字塔再拙劣的东西。"

从我们的立脚点看，美感和快感是很容易分别的。美感与实用活动无关，而快感则起于实际要求的满足。口渴时要喝水，喝了水就得到快感；腹饥时要吃饭，吃了饭也就得到快感。喝美酒所得的快感由于味感得到所需要的刺激，和饱食暖衣的快感同为实用的，并不是起于"无所为而为"的形象的观赏。至于看血色鲜丽的姑娘，可以生美感也可以不生美感。如果你觉得她是可爱的，给你做妻子你还不讨厌她，你所谓"美"就只是指合于满足性欲需要的条件，"美人"就只是指对于异性有引诱力的女子。如果你见了她不起性欲的冲动，只把她当作线纹匀称的形象看，那就和欣赏雕像或画像一样了。美感的态度不带意志，所以不带占有欲。在实际上性欲

忌·无所事事

本能是一种最强烈的本能，看见血色鲜丽的姑娘而能"心如古井"地不动，只一味欣赏曲线美，是一般人所难能的。所以就美感说，罗斯金所称赞的血色鲜丽的英国姑娘对于实际人生距离太近，不一定比希腊女神雕像的价值高。

　　谈到这里，我们可以顺便地说一说弗洛伊德派心理学在文艺上的应用。大家都知道，弗洛伊德把文艺认为是性欲的表现。性欲是最原始最强烈的本能，在文明社会里，它受道德、法律种种社会的牵制，不能得充分的满足，于是被压抑到"隐意识"里去成为"情意综"。但是这种被压抑的欲望还是要偷空子化装求满足。文艺和梦一样，都是戴着假面具逃开意识检察的欲望。举一个例来说。男子通常都特别爱母亲，女子通常都特别爱父亲。依弗洛伊德看，这就是性爱。这种性爱是反乎道德法律的，所以被压抑下去，在男子则成"俄狄浦斯情意综"，在女子则成"厄勒克特拉情意综"。这两个奇怪的名词是怎样讲呢？俄狄浦斯原来是古希腊的一个王子，曾于无意中弑父娶母，所以他可以象征子对于母的性爱。厄勒克特拉是古希腊的一个公主，她的母亲爱了一个男子，把丈夫杀了，她怂恿她的兄弟把母亲杀了，替父亲报仇，所以她可以象征女对于父的性爱。在许多民族的神话里面，伟大的人物都有母而无父，耶稣和孔子就是著例，耶稣是上帝授胎的，孔子之母祷于尼丘而生孔子。在弗洛伊德派学者看，这都是"俄狄浦斯情意综"的表现。许多文艺作品都可以用这种眼光来看，都是被压抑的性欲因化装而得满足。

依这番话看，弗洛伊德的文艺观还是要纳到享乐主义里去，他自己就常欢喜用"快感原则"这个名词。在我们看，他的毛病也在把快感和美感混淆，把艺术的需要和实际人生的需要混淆。美感经验的特点在"无所为而为"地观赏形象。在创造或欣赏的一刹那中，我们不能仍然在所表现的情感里过活，一定要站在客位把这种情感当一幅意象去观赏。如果作者写性爱小说，读者看性爱小说，都是为着满足自己的性欲，那就无异于为着饥而吃饭，为着冷而穿衣，只是实用的活动而不是美感的活动了。文艺的内容尽管有关性欲，可是我们在创造或欣赏时却不能同时受性欲冲动的驱遣，须站在客位把它当作形象看。世间自然也有许多人欢喜看淫秽的小说去刺激性欲或是满足性欲，但是他们所得的并不是美感。弗洛伊德派的学者的错处不在主张文艺常是满足性欲的工具，而在把这种满足认为美感。

美感经验是直觉的而不是反省的。在聚精会神之中我们既忘去自我，自然不能觉得我是否欢喜所观赏的形象，或是反省这形象所引起的是不是快感。我们对于一件艺术作品欣赏的浓度愈大，就愈不觉得自己是在欣赏它，愈不觉得所生的感觉是愉快的。如果自己觉得快感，我便是由直觉变而为反省，好比提灯寻影，灯到影灭，美感的态度便已失去了。美感所伴的快感，在当时都不觉得，到过后才回忆起来。比如读一首诗或是看一幕戏，当时我们只是心领神会，无暇他及，后来回想，才觉得这一番经验很愉快。

这个道理一经说破，本来很容易了解。但是许多人因为不明白这个很浅显的道理，遂走上迷路。近来德国和美国有许多研究"实验美学"的人就是如此。他们拿一些颜色、线形或是音调来请受验者比较，问他们欢喜哪一种，讨厌哪一种，然后做出统计来，说某种颜色是最美的，某种线形是最丑的。独立的颜色和画中的颜色本来不可相提并论。在艺术上部分之和并不等于全体，而且最易引起快感的东西也不一定就美。他们的错误是很显然的。

『记得绿罗裙，处处怜芳草』

——美感与联想

> 联想是知觉和想象的基础，艺术不能离开知觉和想象，就不能离开联想。

美感与快感之外，还有一个更易惹误解的纠纷问题，就是美感与联想。

什么叫做联想呢？联想就是见到甲而想到乙。甲唤起乙的联想通常不外起于两种原因：或是甲和乙在性质上相类似，例如看到春光想起少年，看到菊花想到节士；

或是甲和乙在经验上曾相接近，例如看到扇子想起萤火虫，走到赤壁想起曹孟德或苏东坡。类似联想和接近联想有时混在一起，牛希济的"记得绿罗裙，处处怜芳草"两句词就是好例。词中主人何以"记得绿罗裙"呢？因为罗裙和他的欢爱者相接近；他何以"处处怜芳草"呢？因为芳草和罗裙的颜色相类似。

意识在活动时就是联想在进行，所以我们差不多时时刻刻都在起联想。听到声音知道说话的是谁，见到一个词知道它的意义，都是起于联想作用。联想是以旧经验诠释新经验，如果没有它，知觉、记忆和想象都不能发生，因为它们都得根据过去的经验。从此可知联想为用之广。

联想有时可用意志控制，作文构思时或追忆一时记不起的过去经验时，都是勉强把联想挤到一条路上去走。但是在大多数情境之中，联想是自由的、无意的、飘忽不定的。听课读书时本想专心，而打球、散步、吃饭、邻家的猫儿种种意象总是不由你自主地闯进脑里来，失眠时越怕胡思乱想，越禁止不住胡思乱想。这种自由联想好比水流湿、火就燥，稍有勾搭，即被牵绊，未登九天，已入黄泉。比如我现在从"火"字出发，就想到红、石榴、家里的天井、浮山、雷鲤的诗、鲤鱼、孔夫子的儿子等等，这个联想线索前后相承，虽有关系可寻，但是这些关系都是偶然的。我的"火"字的联想线索如此，换一个人或是我自己在另一时境，"火"字的联想线索却另是一样。从此可知联想的散漫飘忽。

联想的性质如此。多数人觉得一件事物美时，都是因为它能唤起甜美的联想。

在"记得绿罗裙，处处怜芳草"的人看，芳草是很美的。颜色心理学中有许多同类的事实。许多人对于颜色都有所偏好，有人偏好红色，有人偏好青色，有人偏好白色。据一派心理学家说，这都是由于联想作用。例如红是火的颜色，所以看到红色可以使人觉得温暖；青是田园草木的颜色，所以看到青色可以使人想到乡村生活的安闲。许多小孩子和乡下人看画，都只是欢喜它的花红柳绿的颜色。有些人看画，欢喜它里面的故事，乡下人欢喜把孟姜女、薛仁贵、桃园三结义的图糊在壁上做装饰，并不是因为那些木板雕刻的图好看，是因为它们可以提起许多有趣故事的联想。这种脾气并不只是乡下人才有。我每次陪朋友们到画馆里去看画，见到他们所特别注意的第一是几张有声名的画，第二是有历史性的作品如耶稣临刑图、拿破仑结婚图之类，像伦勃朗所画的老太公、老太婆，和后期印象派的山水风景之类的作品，他们却不屑一顾。此外又有些人看画（和看一切其他艺术作品一样），偏重它所含的道德教训。道学先生看到裸体雕像或画像，都不免起若干嫌恶。记得詹姆斯在他的某一部书里说过，有一次见过一位老修道妇，站在一幅耶稣临刑图面前合掌仰视，悠然神往。旁边人问她那幅画何如，她回答说："美极了，你看上帝是多么仁慈，让自己的儿子去牺牲，来赎人类的罪孽！"

在音乐方面，联想的势力更大。多数人在听音乐时，除了联想到许多美丽的意象之外，便别无所得。他们欢喜这个调子，因为它使他们想起清风明月；不欢喜那个调子，因为它唤醒他们以往的悲痛的记忆。钟子期何以负知音的雅名？因他听伯牙弹琴时，惊叹说："善哉！峨峨兮若泰山，洋洋兮若江河。"李颀在胡笳声中听到什么？他听到的是"空山百鸟散还合，万里浮云阴且晴"。白乐天在琵琶声中听到什么？他听到的是"银瓶乍破水浆迸，铁骑突出刀枪鸣"。苏东坡怎样形容洞箫？他说："其声呜呜然，如怨如慕，如泣如诉。余音袅袅，不绝如缕。舞幽壑之潜蛟，泣孤舟之嫠妇。"这些数不尽的例子都可以证明多数人欣赏音乐，都是欣赏它所唤起的联想。

联想所伴的快感是不是美感呢？

历来学者对于这个问题可分两派，一派的答案是肯定的，一派的答案是否定的。这个争辩就是在文艺思潮史中闹得很凶的形式和内容的争辩。依内容派说，文艺是表现情思的，所以文艺的价值要看它的情思内容如何而决定。第一流文艺作品都必有高深的思想和真挚的情感。这句话本来是不可辩驳的。但是侧重内容的人往往从这个基本原理抽出两个其他的结论，第一个结论是题材的重要。所谓题材就是情节。他们以为有些情节能唤起美丽堂皇的联想，有些情节只能唤起丑陋凡庸的联想。比如作史诗和悲剧，只应采取英雄为主角，不应采取愚夫愚妇。第二个结论就是文艺应含有道德的教训。读者所生的联想既随作品内容为转移，则作者应设法把读者引到正经路上去，不要用淫秽卑鄙的情节摇动他的邪思。这些学说发源较早，它们的影响到现在还是很大。从前人所谓"思无邪""言之有物""文以载道"，现在人所谓"哲理诗""宗教艺术""革命文学"等等，都是侧重文艺的内容和文艺的无关美感的功效。

这种主张在近代颇受形式派的攻击，形式派的标语是"为艺术而艺术"。他们说，两个画家同用一个模特儿，所成的画价值有高低；两个文学家同用一个故事，所成的诗文意蕴有深浅。许多大学问家、大道德家都没有成为艺术家，许多艺术家并不是大学问家、大道德家。从此可知艺术之所以为艺术，不在内容而在形式。如果你不是艺术家，纵有极好的内容，也不能产生好作品出来；反之，如果你是艺术家，极平庸的东西经过灵心妙运点铁成金之后，也可以成为极好的作品。印象派大师如莫奈、凡高诸人不是往往在一张椅子或是几间破屋之中表现一个情深意永的世界出来么？这一派学说到近代才逐渐占势力。在文学方面的浪漫主义，在图画方面的印象主义，尤其是后期印象主义，在音乐方面的形式主义，都是看轻内容的。单拿图画来说，一般人看画，都先问里面画的是怎么，是怎样的人物或是怎样的故事。这些东西在术语上叫做"表意的成分"。近代有许多画家就根本反对画中有任何"表意的成分"。看到一幅画，他们只注意它的颜色、线纹和阴影，不问它里面有什么意义或是什么故事。假如你看到这派的作品，你起初只望见许多颜色凑合在一起，须费过一番审视和猜度，才知道所画的是房子或是崖石。这一派人是最反对杂联想于美感的。

这两派的学说都持之有故，言之成理，我们究竟何去何从呢？我们否认艺术的内容和形式可以分开来讲（这个道理以后还要谈到），不过关于美感与联想这个问题，我们赞成形式派的主张。

就广义说，联想是知觉和想象的基础，艺术不能离开知觉和想象，就不能离开联想。但是我们通常所谓联想，是指由甲而乙，由乙而丙，辗转不止地乱想。就这个普通的意义说，联想是妨碍美感的。美感起于直觉，不带思考，联想却不免带有思考。在美感经验中我们聚精会神于一个孤立绝缘的意象上面，联想则最易使精神涣散，注意力不专一，使心思由美感的意象旁迁到许多无关美感的事物上面去。在审美时我看到芳草就一心一意地领略芳草的情趣；在联想时我看到芳草就想到罗裙，又想到穿罗裙的美人，既想到穿罗裙的美人，心思就已不复在芳草了。

联想大半是偶然的。比如说，一幅画的内容是"西湖秋月"，如果观者不聚精会神于画的本身而信任联想，则甲可以联想到雷峰塔，乙可以联想到往日同游西湖的美人，这些联想纵然有时能提高观者对于这幅画的好感，画本身的美却未必因此而增加，而画所引起的美感则反因精神涣散而减少。

知道这番道理，我们就可以知道许多通常被认为美感的经验其实并非美感了。假如你是武昌人，你也许特别欢喜崔颢的《黄鹤楼》诗；假如你是陶渊明的后裔，你也许特别欢喜《陶渊明集》；假如你是道德家，你也许特别欢喜《打鼓骂曹》的戏或是韩退之的《原道》；假如你是古董贩，你也许特别欢喜河南新出土的龟甲文或是敦煌石窟里面的壁画；假如你知道达·芬奇的声名大，你也许特别欢喜他的《蒙娜丽莎》。这都是自然的倾向，但是这都不是美感，都是持实际人的态度，在艺术本身以外求它的价值。

文章忌俗滥
生活更忌俗滥

忌·俗滥生活

在混乱中创秩序

——给《申报周刊》的青年读者（二）

大处着眼，小处下手。

朋友：

在上次信里，我反复说明现代青年应该认清现在和抓住现在，因为我觉得中国已经到了生死存亡的关头，青年们不容再有迟疑观望的余地了。如果我们这一代人再不振作，中国事恐怕就永无救药了。每个人都能见到这层，所缺乏的是抓住现在的决心与毅力。

现在中国社会的最大病象，在每个人都埋怨旁人而同时又在跟旁人一样因循苟且。大家都在想：中国社会积弊太深，多数人都醉生梦死，得过且过，纵然有一二人想抵抗潮流，特立独行，也无济于事，倒不如随波逐流，尽量谋个人的安乐。如果中国真要亡的话，那也是"天倒大家当"！

这种心理是普遍的，也是致命的。要想中国起死回生，我们青年首先应丢开这种心理。我们应明白：社会愈恶浊，愈需要有少数特立独行的人们去转移风气。一个学校里学生纵然十人有九人奢侈，一个俭朴的学生至少可以显出奢侈与俭朴的分别；一个机关的官吏纵然十人有九人贪污，一个清廉的官吏至少可以显出贪污与清廉的分别。好坏是非都由相形之下见出。一个社会到了腐败的时候，大家都跟着旁人向坏处走，没有一个人反抗潮流，势必走到一般人完全失去好坏是非分别的意识，而世间便无所谓羞耻事了。所以全社会都坏时，如果有一个好人存在，他的意义与价值是不可测量的。

自己不肯做好人，不肯努力奋斗，只埋怨环境恶劣，不容自己做好人，这种人对于自己全不肯负责任，没有勇气担当自己的过失。他们的最恰当的名号是——"懦夫"！朋友，你抚躬自问，你能否很忠实大胆地向自己的良心说"我不是这种懦夫"呢？

现在许多青年都埋怨环境，揣其心理，是希望环境生来就美满，使他们一帆风顺地达到成功的目标。环境永远不会美满的。万一它生来就美满，所谓"成功"乃是"不劳而获"，或者说得更痛快一点，乃是像猪豚一样，"被饲而肥"。所以埋怨环境的心理，充其究竟，只是希望过猪豚生活的心理。人比猪豚较高一着，就全在他能不安于秽浊的环境，有一颗灵心，有一股勇气，要去征服自然，改善自然。

据宗教的传说，太初一切皆紊乱（chaos），上帝从紊乱中创出秩序（order），才有宇宙。我很欢喜这个传说，它的历史的真实性姑且不问，它对于人生却无疑地具有一种感发兴起的力量。人的一切有意义有价值的活动，像上帝创世一样，都是从紊乱中创出秩序。人的特长是思想。思想，无论是哲学和科学的或是日常实用的，都是把本来紊乱的知觉或印象加以秩序化。比如说一个审判官断案，把所有的繁复的事实摆在一块参观互较，找出条理线索来，于是本来散漫的东西都连续起来，成为案情的证据，这就是思想的好例。艺术创作也是思想活动的一种。自然界的材料，无论是内心生活或是外界现象，初呈现于观感时原来都很紊乱，艺术家运用心灵的综合，逐渐把它们理出一个秩序来，创出一个形式来，于是才有艺术作品，——一篇文章，一幅画或是一座像。推广一点来说，一切人工设施，一切社会制度，一切合理的生活，都是一种艺术，都是从紊乱中所挣扎出来的秩序。

现在中国社会是一团紊乱，谁也承认。它能否达到秩序，就看中国青年有没有艺术家的要求秩序的热忱以及创造秩序的灵心妙手，从这团紊乱中雕琢一种有秩序的形式出来。凡是紊乱都须经过一番整理，才能现出秩序。现在中国人的大病就在不下手做整理的功夫，只望着目前的紊乱发呆，或是怨天尤人。

我也常拿从紊乱中创秩序的必要和青年朋友们说，他们总是将信将疑。他们闪避责任的借口不外是个人的力量有限。他们想：秩序是全体的事，社会全体紊乱，纵有少数人在局部中创出秩序来，仍无补于全体的紊乱。筹划社会全体的秩序是握有政权者的职责，吾侪小民手无寸铁，对着临头大难，只有束手待毙而已。这种心理仍是希望有"真命天子"出来救中国的心理。"真命天子"是一个渺茫的幻象，纵然他出来了，小百姓们都不是奋发有为的材料，他一个人能把中国事情弄好么？你如果把现在中国一切灾祸都归咎于政府，你对于这种灾祸之源的政府不设法制裁，它的存在根于你的容忍，到底它的误国的责任还要回到你自己的身上来。如果你说个人无组织，不能做出事来，谁教你不去组织，不去团结，不去造成能表现民意的势力呢？现代各民治国家所享受的自由都不是"天赋的"，都是人民自己挣扎奋斗得来的，你想想看英国的《大宪章》，法国的《人权宣言》，美国的独立，以及苏俄的经济制度的革命，哪一件不是从紊乱中所创出的秩序？哪一件不是人民自己努力奋斗的代价？

全体的紊乱固然可以妨碍局部的秩序，局部的紊乱也未见得可以造成全体的秩序。无论政论家怎么说，我始终坚信全体的秩序要以局部的秩序为基础。清道夫能尽清道的职，警察能尽警察的职。每个行人都守他所应守的规则，一条街道自然有秩序了。一个机关，一个乡村，或是一个国家也是如此。士农工商官吏军警都公而忘私，各尽其责，社会就决不会有紊乱的现象了。

一般青年都不免有几分夸大狂心理，常想到自己做了大总统或是什么总长，中国事就有办法，而他自己的作为也就来了。这是从前人所夸奖的"有大志"，而我们现代青年所应该痛恨深恶的怯懦（因为不敢担负目前的责任）和虚伪（因为夸大是自欺欺人）。一个农家子弟鄙视耕种，一个商家子弟鄙视贸易，或是一个清寒子弟一定要进大学出洋争头衔，多少都是怯懦和虚伪的表现。要做事何处不可做，何必一定要做大总统？要造学问或地位何处不可造，何必一定要大学或留学的头衔？一种职业只要是有益于社会，纵然是挑大粪，或是补破皮鞋，应该和做总统或当大学教授享同样的尊重。把同是有益的职业加以高低评价，是封建社会和虚骄心理的流毒。没有哪一国的青年比中国青年这种流毒更深。现代中国青年如果要谋心理改造，我以为首先应铲除这种流毒，应该认清事业只有益与害的分别，没有贵与贱的分别。

在孙中山先生所说的许多话中最使我念念不忘的，不是他的《建国方略》或是《遗嘱》，而是他在香港大学演讲时所说的一段自供。他在少年时嫌他住的中山（那时叫香山）县的街道龌龊，就自己去做清道夫，拿扫帚去把他的门前和邻近的街道逐渐扫干净。这就是我所说的"在紊乱中创秩序"。孙先生后来奔走革命，仍然不过是本着这种厌恶紊乱要求秩序的精神。在平民的地位，他能够扫清污浊的街道，在握政权的地位，他就能筹划洗清政治上的种种紊乱。在未握政权之前，你且莫作握政权以后的夸大语，或是埋怨现在握权的人，你且自问：现在你能力范围以内的事你是否都尽力做过。

你说你现在无事可做么？你的书桌应该理，你的卧室应该检点干净，你的村子里应该多栽几棵树，你的邻坊子弟不识字的太多，你乡里还有许多土豪劣绅敲诈唆讼，你的表兄还在抽鸦片烟，你的外祖母还说曹锟在做大总统，……这些数不尽的事不都是你的事么？

大处着眼，小处下手。时时刻刻都用力去从紊乱中创出秩序，无论你的力量所达到的范围是一间屋，一条街，一个乡村或是一个国家。你能如此，旁人也都能如此（旁人的事你暂且莫管），社会自然有秩序，中国事也自然会改头换面了。

朋友，让我复述前信中的话，从今日起，从此地起，从你自己起！把你目前一切紊乱都按部就班地化成秩序！这是我对于你的最虔敬的祝福语。

光潜

谈在卢佛尔宫所得的一个感想

我记得这几句话，所以能惊赞热烈的失败，能欣赏一般人所嗤笑的呆气和空想，能景仰不计成败的坚苦卓绝的努力。

朋友：

去夏访巴黎卢佛尔宫，得摩挲《蒙娜丽莎》肖像的原迹，这是我生平一件最快意的事。凡是第一流美术作品都能使人在微尘中见出大千，在刹那中见出终古。雷阿那多·达·芬奇（Leonardo de Vinci）的这幅半身美人肖像纵横都不过十几寸，可是她的意蕴多么深广！佩特（Walter Pater）在《文艺复兴论》里说希腊、罗马和中世纪的特殊精神都在这一幅画里表现无遗。我虽然不知道佩特所谓希腊的生气、罗马的淫欲和中世纪的神秘是什么一回事，可是从那轻盈笑靥里我仿佛窥透人世的欢爱和人世的罪孽。虽则见欢爱而无留恋，虽则见罪孽而无畏惧。一切希冀和畏避的念头在霎时间都涣然冰释，只游心于和谐静穆的意境。这种境界我在贝多芬乐曲里，在《密罗斯爱神》雕像里，在《浮士德》诗剧里，也常隐约领略过，可是都不如《蒙娜丽莎》所表现的深刻明显。

我穆然深思，我悠然遐想，我想象到中世纪人们的热情，想象到达·芬奇作此画时费四个寒暑的精心结构，想象到丽莎夫人临画时听到四围的缓歌曼舞，如何发出那神秘的微笑。

正想得发呆时，这中世纪的甜梦忽然被现世纪的足音惊醒，一个法国向导领着一群四五十个男的女的美国人蜂拥而来了。向导操很拙劣的英语指着说："这就是著名的《蒙娜丽莎》。"那班肥颈项胖乳房的人们照例露出几种惊奇的面孔，说出几个处处用得着的赞美的形容词，不到三分钟又蜂拥而去了。一年四季，人们尽管川流不息地这样蜂拥而来蜂拥而去，丽莎夫人却时时刻刻在那儿露出你不知道是怀善意还是怀恶意的微笑。

从观赏《蒙娜丽莎》的群众回想到《蒙娜丽莎》的作者，我登时发生一种不调和的感触，从中世纪到现世纪，这中间有多么深多么广的一条鸿沟！中世纪的旅行家一天走上二百里已算飞快，现在坐飞艇不用几十分钟就可走几百里了。中世纪的著作家要发行书籍须得请僧侣或抄胥用手抄写，一个人朝于斯夕于斯的，一年还不定能抄完一部书，现在大书坊每日可出书万卷，任何人都可以出文集诗集了。中世纪许多书籍是新奇的，连在近代，以培根、笛卡儿那样渊博，都没有机会窥亚里士多德的全豹，近如包慎伯到三四十岁时才有一次机会借阅《十三经注疏》；现在图书馆林立，贩夫走卒也能博通上下古今了。中世纪画《蒙娜丽莎》的人须自己制画具自己配颜料，作一幅画往往须三年五载才可成功，现在美术家每日可以成几幅乃至于十几幅"创作"了。中世纪人想看《蒙娜丽莎》须和作者或他的弟子有交谊，真能欣赏它，才能侥幸一饱眼福；现在卢佛尔宫好比十字街，任人来任人去了。

这是多么深多么广的一条鸿沟！据历史家说，我们已跨过了这鸿沟，所以我们现代文化比中世纪进步得多了。话虽如此说，而我对着《蒙娜丽莎》和观赏《蒙娜丽莎》的群众，终不免有所怀疑，有所惊惜。

在这个现世纪忙碌的生活中，哪里还能找出三年不窥园、十年成一赋的人？哪里还能找出深通哲学的磨镜匠，或者行乞读书的苦学生？现代科学和道德信条都比从前进步了，哪里还能迷信宗教崇尚侠义？我们固然没有从前人的呆气，可是我们也没有从前人的苦心与热情了。别的不说，就是看《蒙娜丽莎》也只像看破烂朝报了。

科学愈进步，人类征服环境的能力也愈大。征服环境的能力愈大，本确是人生一大幸福。但是它同时也易生流弊。困难日益少，而人类也愈把事情看得太容易，做一件事不免愈轻浮粗率，而艰苦卓绝的成就也便日益稀罕。比方从纽约到巴黎还像从前乘帆船时要经许多时日，冒许多危险，美国人穿过卢佛尔宫决不会像他们穿过巴黎香榭里雪街一样匆促。我很坚决地相信，如果美国人所谓"效率"（efficiency）以外，还有其他标准可估定人生价值，现代文化至少含有若干危机的。

"效率"以外究竟还有其他估定人生价值的标准吗？要回答这个问题，我们最好拿法国兰斯（Reims）、亚眠（Amiens）各处几个中世纪的大教寺和纽约一座世界最高的钢铁房屋相比较。或者拿一幅湘绣和杭州织锦相比较，便易明白。如只论"效率"，杭州织锦和纽约钢铁房屋都是一样机械的作品，较之湘绣和兰斯大教寺，费力少而效率差不多，总算没有可指摘之点。但是刺湘绣的闺女和建筑中世纪大教寺的工程师在工作时，刺一针线或叠一块砖，都要费若干心血，都有若干热情在后面驱遣，他们的心眼都钉在他们的作品上，这是近代只讲"效率"的工匠们所诧为呆拙的。织锦和钢铁房屋用意只在适用，而湘绣和中世纪建筑于适用以外还要能慰情，还要能为作者力量气魄的结晶，还要能表现理想与希望。假如这几点在人生和文化上自有意义与价值，"效率"决不是唯一的估定价值的标准，尤其不是最高品的估定价值的标准。最高品估定价值的标准一定要着重人的成分（human element），遇见一种工作不仅估量它的成功如何，还有问它是否由努力得来的，是否为高尚理想与伟大人格之表现。如果它是经过努力而能表现理想与人格的工作，虽然结果失败了，我们也得承认它是有价值的。这个道理布朗宁（Browning）在 *Rabbi Ben Ezra* 那篇诗里说得最精透，我不会翻译，只择几段出来让你自己去玩味：

Not on the vulgar mass

Called "work", must Sentence pass;

Things done, that took the eye and had the

price,

O'er which, from level stand,

The low world laid its hand,

Found straight way to its mind, could value in

a trice:

But all, the world's coarse thumb

And finger failed to plumb,

So passed in making up the main account;

All instincts immature,

All purposes unsure,

That weighed not as his work, yet swelled the

man's amount:

Thoughts hardly to be packed

Into a narrow act,

Fancies that broke through thoughts and

escaped:

All I could never be,

All, men ignored in me,

This I was worth to God, whose wheel the

pitcher shaped.

这几段诗在我生平所给的益处最大。我记得这几句话，所以能惊赞热烈的失败，能欣赏一般人所嗤笑的呆气和空想，能景仰不计成败的坚苦卓绝的努力。

假如我的十二封信对于现代青年能发生毫末的影响，我尤其虔心默祝这封信所宣传的超"效率"的估定价值的标准能印入个个读者的心孔里去；因为我所知道的学生们、学者们和革命家们都太贪容易，太浮浅粗疏，太不能深入，太不能耐苦，太类似美国旅行家看《蒙娜丽莎》了。

你的朋友　孟实

学业·职业·事业

每个人都是自己的命运的主宰，每个人的江山都依仗自己的奋斗才打得来。

　　每个有志气的人，在他的生平都不免为三件事操心。在学校时代，他关心学业；离开学校，他关心职业；有了职业，他关心事业。这自然只是一种粗略的分期，也有许多人始终就专在学业、职业或事业上打计算。总之，这三个名词的意义对于一般人大半不成为问题，不过从逻辑的眼光来分析，我们不能说它是三件互不相同的事。

它们的关系还须待确定。

先说"业"。《说文》所定的这个字的原始意义是钟架上一块木板，与我们所谈的没有多大关系。就"业"字所常用在的语句看（如"进德修业""业精于勤""以农为业""成大业""创业守成"等等），我们可以看出两点：第一是学业、职业和事业都可以叫做业，第二是这个"业"字含有相当指流行语"工作"一词的意义。佛典常用"业"字，和"行"字同义，凡人为造作通可叫做"业"，例如思想、言语、行为，都可是一种"业"，"业"简直就相当于流行语的活动。我们可以说，"业"是人运用他的力量做一种工作或活动；所进行的工作或活动叫做"业"，工作或活动所成就的结果也可以叫做"业"。

依这种解释看，学业就是学问的工作或活动，职业就是职分所在的工作或活动。工作或活动就是"事"，所以"事业"是只有一个意义的复词，学问是一种事业，职业也还是一种事业。如果事业还另有特殊意义，那就

忌·俗滥生活

只能指工作或活动的成就。依这种意义说，在职业上可以成就事业，在学问上也还可以成就事业。总上两义，学业与事业，职业与事业，在逻辑上都不应分开，我们至多只能说"事业"比"学业"或"职业"含义较广泛，不过这也还有问题。

问题在学业与职业是否绝对为两回事。一般人说"职业"，似带有一种误解，以为职业是衣食工具，"谋职业"就等于"谋生活"，也就等于"谋衣食"，这里"职业"和"生活"两个词的意义都同样窄狭化得很离奇可笑。在这种用字的习惯上，我们可以见出一般人的生活理想的低落。顾名思义，"职业"显然是职分以内的事业。所谓"职分"是起于社会的分工合作的需要。社会上有许多事要做，一个人不能同时做许多事，于是这个人种田，那一个人经商，另一个人做工匠，如此分工，每个人有一个"职分"，都能各尽"职分"帮助社会大机器的轮子旋转，以一分工作的效益，换取同群许多分工作的效益，"吾尽所能，各取所需"，于是人与社会两得其便。每个人有一个"职分"，对于那"职分"就负有责任，须把那"职分"以内的事做好。对于"职分"不尽责就是不称职。职与责是不能分开的。

回到原来的问题，学业与职业是否绝对为两回事呢？从两个观点看，它们也不应分开。

第一，从狭义的学业说，学业是某一种专门学术的研究。专门的学术研究需要长久的集中的力量。一个人既研究一种专门学术，他就没有时间精力去干别的事。社会需要学术的进展，就需有一部分人以研究学术为"职业"。做学问是学者的职分以内的事，正如种田是农人的职分以内的事，他们的成就都于社会有益，他们都负有责任在自家职分以内求有成就。照这样看，学业还是可以当作一种职业。

其次，就广义的学业说，学业是每一种职业必有的准备。一切工作（尤其是在近代社会分工很严密的工作）都需要学习，每一行都有一套专门学问，所以你如果想把某一种职分以内的事做好，你就必须先把它学好。不但如此，工作本身也就是学习。有些人以为在学校里学得一种学问，学业便可告结束，以后入社会就职业，只须拿这一套法宝作无尽期的应用。这不但是误解学业，也是误解职业。最亲切最实在的学问大半不是从书本得来，而是从实地亲身经验得来的。古人所谓"到处留心皆学问"，就是有见于此。同时，到处留心学问的人可以说"学"与"事"相得益彰，不致犯不学无术的毛病，在职业上才能成就真正的事业。一辈子拘守一部讲义的人决不是一个好教员，一辈子拘守一部步兵操典的人决不是一个好战士，余可类推。所以要想把一种职业做好，必须把职业当作学业看。

依以上的分析，学业、职业和事业应该是三位一体。学业或职业如果不能成为事业，那就空洞无成就。学业和职业如果不能打成一片，学业就只是私人的嗜好，不能成为社会中的一种职分，对社会没有效益；职业也就降为与学问脱节的盲目的衣食营求，干燥无味。

职业与学业一贯，然后所学即所用，所用即所学，人得其事，事得其人，不过这只是理想，事实上一个人的职业往往和他的学业不很相关。这是由于有些学业不能为谋生之具，一个人一方面要忠于一种没有经济价值的学问，一方面又要维持生计，于是不得不就一种与自家专门学问无关的职业。最显著的例是大哲学家斯宾诺莎，他为着要保持学术思想的自由，拒绝当大学教授，宁愿操磨镜片的职业，借以营生。英国文学家兰姆写得那样一笔奇特而隽永的散文，而他的终身职业只是一个公司的书记。波兰小说家康拉德在商船上当过多年的水手。英国诗人蒙罗在伦敦一条小街上经营一个小书店。这种实例在西方很多。这种办法颇有它的长处。不靠所研究的学业来谋生，可以保持学业的独立自由；同时，在本行以外就一种职业，也可以扩大眼界，增加生活经验。在目前中国，一般人囿于浅狭的功利主义，都争去学可以赚钱的学问，而文哲数理一类虽是冷门而却极重要的学问很少有人问津，这对于文化学术的全局是一个危险的现象。有志于纯粹学术的人们最好拿斯宾诺莎、兰姆诸人做榜样，一方面埋头做自己的学问，一方面操一种副业，使生计有着落。这种办法的存在，当然显示社会组织有毛病，在社会组织未完善以前我们只有这个办法可采用。将来社会合理化时，我们希望每一项学术工作者都不感受生活的压迫，每一种学业同时就是一种职业。

在另外一种情形之下，学业与职业也不完全相称，这就是通才就专职。政府行政工作本来也还是一种职业，可是一直到现在，各国还很少在学校里设专门学科去训练议员部长以及其他公务员。在从前中国，政府大小职位，上自宰相，下至县丞，大半依科举履历任命，由科举进身者所读的书大半不外经史诗文，而做的职务却可以彼此相差很远。一榜及第的人有典钱谷的，有主试的，有带兵的，有典刑狱的，有掌漕运的。职务和学问似没有显著的关系。这种情形在目前似还没有经过很大的变更，在英国情形也很类似。一个人在牛津或剑桥毕业了，就可以参加文官考试，及格了，无论所学的是什么，可以被派到任何官厅去服务。如果他想做大一点的官，他可以运动入国会，只要有本领，就不愁没有阁员当。所谓本领也并非专门学术。比如现在首相丘吉尔，做过好久的海军大臣，却没有学过海军，他本来是文人，当过新闻记者。专才学一行才能做一行，通才无须学那一行才能做那一行。医工农商等等需要专才，而社会领导工作则需要通才。近代教育似正在徘徊于两种理想之间，一是"职业教育"的理想，一是"自由教育"的理想，学业须包括品格、学识各方面的普遍修养，不能窄狭化到学徒训练。依我个人想，自由教育对于社会领导工作实在比职业教育重要，不过这两种理想也并非绝对不能相容，专门的技术训练和普通的品格学识修养最好是并行不悖。

择学择业对于一个人是一个极重的问题。首先要考虑的是个人的资禀与兴趣。我曾观察过许多人所学的和所做的全与他们性不相近。有些学文艺的人对于人生世相看不出丝毫情趣，遇事称斤称两，谈吐干燥无味，他们理应学商业或是法律。有些工程师根本没有科学的头脑，却欢喜做点旧诗，结交大人阔佬，他们理应干政治。如此等类，不胜枚举，性不相近，纵然是努力，也往往劳而无补，对于个人和社会都是精力的浪费。在美国，"职业测验"已成为一种专门学问。一个人对于择学择业如有疑难可以找一个专家用测验来解决。这种测验容或很幼稚肤浅，但是它的原则是不错的。我们希望测验的方法日趋精密，将来一个人在学一门学问或是就一种职业之先，都仔细经过一番测验，免得走错门路。

一个人的性之所近，大半自己明白。有些人明明知道自己的长短而却不根据它来决定志向，这大半误于名利观念。现在学生们都欢喜学工程或经济，以为出路好，容易赚钱。存这种心理的人根本不配谈学问，也根本不能做好一行职业，因为他们的兴趣不在学业或职业自身的成就，而在它对于个人所能产生的实利。得鱼忘筌，钱赚到手了，学业和事业有无成就却不必管。这种人的毛病都在短见。"行行出状元"，世间宁有哪一种学问不能学好，或是哪一种职业不能做好？宁有其正在学业和事业上有成就的人会穷得要饿死？如果以为某一行比较走时，或比较容易成功，不费多少气力就可以有成就，这也是妄想。世间没有一件有价值的事可以不费力就能学好做好。我们必须谨记着"不问收获，只问耕耘"一句至理名言。下一分功夫，自然有一分成就。世间纵然也偶有不劳而获的事，那是苟且侥幸，除着寄生虫，都不应存苟且侥幸的心理。

此外，我们中国人对于职业向来有一个更错误的观念，以为世间职业有些是天生的高贵，有些是天生的下贱。所以大家都希望做官而不希望做农工兵警。其实职业起于社会的分工合作的需要。社会需要一种职业，那一种职业就对于社会有效益。一个人有无荣誉，不能看他任的什么职业，应该看他在他的职位是否尽责。一个误国的总统或部长实在抵不上一个勤恳尽职的清道夫。我们通常对于"不才而在高位"者的阔绰排场备致欣羡，对于老老实实替社会造福的农人工人反存鄙视。这是一种可耻的价值意识的颠倒。

无论在学业或职业中想成就事业，都需要两种基本德行。第一是"公"。公就是公道公理。一个问题的看法，一个事件的处理，都须依据一个客观的普遍的道理，对自己说得过去，对他人也说得过去，无论谁来看，都会觉得这是最合理的解决，学问也好，事业也好，都要尊重这种公道公理，才不致发生弊端。公的反面是私。世间许多人许多事都败于私心自用。做学问存私心，便为偏见所蒙蔽，寻不着真理；做事存私心，便不免假公济私，贪污苟且，败坏自己的人格，也败坏社会的利益。其次是"忠"。"忠"是死心塌地地爱护自己的职守，不肯放弃它或疏忽它。把学问当作敲门砖，把职业当作营私的门径，就是不忠于所学所职，为着势利的引诱、放弃自己的学业或职业去做别的勾当，其行为也正等于汉奸卖国，都是不忠。忠才能有牺牲的精神，不计私人利害，固守职分所在的岗位，坚持到底，以底于成。忠是基本德行，有了它也就有了两种附带的德行，勤与勇。

勤是精进不懈，时时刻刻努力前进，务求把事做好；勇是无畏不屈，遇到任何困难，都必须拼命把它克服。懒惰与怯懦是治学与治事的大忌；它们的病源在缺乏忠诚与忠诚所附带的热情。

每个人都是自己的命运的主宰，每个人的江山都依仗自己的奋斗才得来。这个世界是冷酷无情的，一个人如果想以寄生虫的心习，去侥幸获取只有勤奋的蜂蚁所能获到的花蜜，他终久必归自然淘汰。万一他成功侥幸一时，社会所受的祸害也就很大，一条寄生虫有时可以危害到一个人的性命，凡是关心学业、职业和事业的人，须记起这一番简单的道理。

民族的生命力

——给《申报周刊》的青年读者（三）

> 慢些谈学问，慢些谈政治，慢些谈道德，第一件要事，先把身体培养强健！要生活，先要储蓄生活力！

朋友：

这次世界运动会闭幕了，我想趁这个机会和你谈一个重要问题。许多人因为这次中国选手的失败而意识到国家的荣辱，也有些人在惋惜中国政府遣送选手所耗费的巨款。但是据我个人的观察，大多数人对于这次失败仍是漠不关心，并没有因此获得一种深刻的教训。这种麻木，我以为较之竞赛的失败还更可惋惜，因为心里既根本不把失败当作一回事，一蹶之后就不会有复振的希望。

我们所要计较的并不仅在一个运动会中的成败荣辱问题，而在偌大的中国民族在体格方面所表现的生命力竟至如此贫乏。四万万人中所选出的健儿耀武扬威地一大船载至欧洲去，结果每个人到决赛时都垂头丧气地抱着膀子作壁上观。别说跑第一第二，连跟着别人在一块去跑的资格都没有，你说惨不惨！我们用不着埋怨选手，他们是从我们中间选送出去的，他们的无能究竟还要归咎我们自己的无能。

中国人向来偏重道德学问的修养而鄙视体格的修养。我们自以为所代表的是"精神文明"，身体是属于"物质"的，值不得去理会。我们想：人为万物之灵，就在道德学问高尚，如果拿体力作评判价值的标准，那只有向虎狼牛马拜下风。这种鄙视体格的心理并没有被近代学校教育洗除净尽。体操在学校里仍然是敷衍功令的功课。学校提倡运动，用意大半仅在培养几个运动员，预备在竞赛中替学校争体面，而不在提高普遍的体格标准。一个聪明的学生只要数学或国文考第一，运动成绩的低劣不但不是一种羞耻，而且简直可以显出几分身份的高贵。学校以外，一般民众更丝毫不觉得运动有何意义。就是教育界中人，离开学生生活以后，以前所常练习的运动也就完全丢开。结果，中国十个人就有九个人像烟鬼，黄皮刮瘦，萎靡不振。每个人脱去衣服，在镜子里看看自己的身体，固然自惭形秽；就是看看邻人的面孔，也是那么憔悴，不能激起一点生气来。像这样衰弱的民族，奄奄待毙之不暇，能谈到什么富强事业，更能谈到什么"精神文明"呢？

　　我在幼时也鄙视过学校里所谓体育。天天只埋头读书，以为在运动方面所花去的时间太可惜，有时连正当的体操功课也不去上。体操比我好的人成绩都不很高明，我心里实在有些瞧不起他们。我在考试时体操常不及格，但结果仍无伤于我的第一第二的位置，我更以为体育是无足轻重了。这十几年以来，我差不多天天受从前藐视体育所应得的惩罚。每年总要闹几次病，体重始终没有超过八十斤，年纪刚过三十，头发就白了一大半；劳作稍过度，就觉得十分困倦。我有时也很想在学问方面奋斗，但是研究一个问题或是做一篇文章，到了最紧要的关头时，就苦精力接不上来，要半途停顿。思想的工作正如打仗或赛跑，最要紧的关头往往在最后五分钟。这最后五分钟的失败往往不在缺乏坚持的努力，而在可使用的精力完全耗尽。世间固然有许多身体羸弱而在思想学问、事业各方面造就很大的人们，但是我有理由相信：如果他们身体强健，造就一定更较伟大。如果论智力，我不相信中国人天生地比外国人低下。但是中国人在学术上的造就到现在还是落后，原因固不只一种，我相信身体羸弱是最重要的一种。普通的德国人或英国人到50~60岁的年纪还是血气方刚，还有20~30年可以向学问事业方面努力锐进。但是普通的中国人到了30岁以后，便逐渐衰弱老朽。在旁人正是奋发有为的年纪，我们已须宣告体力的破产，作退休老死的计算。在普通的外国人，头30年只是训练和准备的时期，后30~40年才谈到成就和收获；在我们中国人，刚过了训练和准备的时期，可用的精力就渐就耗竭，如何能谈到成就和收获呢？

体格羸弱的影响不仅在学问事业方面可以见出，对于一个人的心境脾胃以至于人生观都不免酿成了许多病态。我常分析自己，每逢性情暴躁，容易为小事动气时，大半是因为身体方面有什么不舒适的地方，如头痛如脚痛之类；每逢垂头丧气，对一切事都仿佛绝望时，大半因为精力疲倦，所能供给的精力不足以应付事物的要求。在睡了一夜好觉之后，清晨爬起来，周身精神饱满，生气蓬勃，我对人就特别和善，心里就特别畅快，看一切困难都不在眼里，对于前途处处都觉得是希望。我常仔细观察我所接触的人物，发现这种体格与心境的密切关系几乎是普遍的。我没有看见一个身体真正好的人为人不和善，处事不乐观；我也没有看见一个颓丧愁闷的人在身体方面没有丝毫缺陷。中国青年多悲观厌世，暮气沉沉，我敢说大半是身体不健康的结果。

这二十年来，我常在观察中国社会而推求它的腐化的根本原因；愈观察，愈推求，我愈察觉到身体对于精神的影响之伟大。我常听到"道德学家""精神文明"说者把社会一切的乱象都归咎到道德的崩溃，精神的破产。我也曾把这一类的老话头拿来应用到中国社会，觉得道德的崩溃究竟只是结果而不是原因。只就现象说，中国民族的一切病征都归原到一个字——懒。

懒所以因循苟且，看见应该做的事不去做，让粪堆在大路上，让坏人当权，让坏制度坏习惯存在。懒，所以爱贪小便宜，做官遇到可抓的钱就抓，想一旦成富翁，一劳永逸；做学生不肯做学问，凭自己的本领去挣地位，只图奔走逢迎，夤缘幸进。懒，所以含垢忍辱，一个堂堂男子汉不肯在正当光荣的职业中谋生活，宁愿去当汉奸，或是让妻女做娼妓，敌人打进门

忌·俗滥生活

里来，永远学缩头乌龟。

如果我有时间，我可以把"懒"的罪状一直数下去。一切道德上的缺点都可以一言以蔽之曰"懒"。"懒"就是物理学中所讲的"惰性"。无论在物理方面或是在精神方面，惰性都起于"动力"的缺乏。就生物说，"动力"的缺乏就是"弱"。所以"懒"的根本原因还是在"弱"，在生活力的耗竭，在体格的不健全。换句话说，精神的破产毕竟是起于体格的破产。

生命是一种无底止的奋斗。一个兵士作战，一个学者探讨学术，或是一个普通公民勇于尽自己的职责，向一切众恶引诱说一个坚决的"不"字，都要有一种奋斗的精神。奋斗的精神就是生活力的表现。中国民族在体格方面太衰弱，所以缺乏奋斗所必需的生活力，所以懒，所以学问落后，事业废弛，道德崩溃，经济破产，事事都不如人。

要真正想救中国，慢些谈学问，慢些谈政治，慢些谈道德，第一件要事，先把身体培养强健！要生活，先要储蓄生活力！如果中国民族仍不觉悟体力对于精神影响之大，以及健康运动之重要，仍然是那样黄皮刮瘦，暮气沉沉，要想中国不亡那简直是无天理！

我半生的光阴都费在书本上面，对于一般人所说的"精神文明"之尊敬与爱护，自问并不敢后于旁人，现在来大声疾呼，提倡健康运动，在旁人看来，或不免有些奇怪；其实这也并无足怪，身体羸弱的祸害与苦楚对于我是切肤之痛，所以我不能不慨乎言之。我在中国人中已迫近老朽之年了，还在起始学游泳打太极拳，这是施耐庵所骂的"用违其时"。愈觉得补救之太晚，我愈懊悔年轻时代对于体育的忽略。我希望比我幸运的——因为还未失去时机的——青年们不再蹈我这一种人的覆辙。我从自己的失败中得到一个极深刻的教训：身体好，什么事都有办法；身体不好，什么事都做不好。小而个人的成功，大而民族的复兴都要从身体健康下手。这件事也并非学校的体操或国际的运动竞赛所能促成的。我们要把健康的重要培养成为全民族的信仰。从择配优生以至于保婴防疫，公众卫生等等都要很郑重地去研究和实行推广。运动也要变成全社会的娱乐，不仅求培养几个选手。这件事是中国民族图存所急不容缓的。中年以上的人们已经没有希望，只有靠青年们努力了。我敬祝全国青年从今日起，设法多作强健身体的运动，为中国民族多培养一些生命力！

光潜

「灵魂在杰作中的冒险」

——考证、批评与欣赏

了解是欣赏的预备，欣赏是了解的成熟。

把快感认为美感，把联想认为美感，是一般人的误解，此外还有一种误解是学者们所特有的，就是把考证和批评认为欣赏。

在这里我不妨稍说说自己的经验。我自幼就很爱好文学。在我所谓"爱好文学"，就是欢喜哼哼有趣味的诗词和文章。后来到外国大学读书，就顺本来的偏好，

忌·俗滥生活

163

决定研究文学。在我当初所谓"研究文学",原来不过是多哼哼有趣味的诗词和文章。我以为那些外国大学的名教授可以告诉我哪些作品有趣味,并且向我解释它们何以有趣味的道理。我当时隐隐约约地觉得这门学问叫做"文学批评",所以在大学里就偏重"文学批评"方面的功课。哪知道我费过五六年的工夫,所领教的几乎完全不是我原来所想望的。

比如拿莎士比亚这门功课来说,教授在讲堂上讲些什么呢?现在英国的学者最重"版本的批评"。他们整年地讲莎士比亚的某部剧本在某一年印第一次"四折本",某一年印第一次"对折本","四折本"和"对折本"有几次翻印,某一个字在第一次"四折本"怎样写,后来在"对折本"里又改成什么样,某一段在某版本里为阙文,某一个字是后来某个编辑者校改的。在我只略举几点已经就够使你看得不耐烦了,试想他们费毕生的精力做这种勾当!

自然他们不仅讲这一样,他们也很重视"来源"的研究。研究"来源"的问些什么问题呢？莎士比亚大概读过些什么书？他是否懂得希腊文？他的《哈姆雷特》一部戏是根据哪些书？这些书他读时是用原文还是用译本？他的剧中情节和史实有哪几点不符？为了要解决这些问题，学者们个个在埋头于灰封虫咬的向来没有人过问的旧书堆中，寻求他们的所谓"证据"。

此外他们也很重视"作者的生平"。莎士比亚生前操什么职业？几岁到伦敦当戏子？他少年偷鹿的谣传是否确实？他的十四行诗里所说的"黑姑娘"究竟是谁？"哈姆雷特"是否是莎士比亚现身说法？当时伦敦有几家戏院？他和这些戏院和同行戏子的关系如何？他死时的遗嘱能否见出他和他的妻子的情感？为了这些问题，学者跑到法庭里翻几百年前的文案，跑到官书局里查几百年前的书籍登记簿，甚至于跑到几座古老的学校去看看墙壁上和板凳上有没有或许是莎士比亚划的简笔姓名。他们如果寻到片纸只字，就以为是至宝。

这三种功夫合在一块讲，就是中国人所说的"考据学"。我的讲莎士比亚的教师除了这种考据学以外，自己不做其他的功夫，对于我们学生们也只讲他所研究的那一套，至于剧本本身，他只让我们凭我们自己的能力去读，能欣赏也好，不能欣赏也好，他是不过问的，像他这一类的学者在中国向来就很多，近来似乎更时髦。许多人是把"研究文学"和"整理国故"当作一回事。从美学观点来说，我们对于这种考据的工作应该发生何种感想呢？

考据所得的是历史的知识。历史的知识可以帮助欣赏却不是欣赏本身。欣赏之前要有了解。了解是欣赏的预备，欣赏是了解的成熟。只就欣赏说，版本、来源以及作者的生平都是题外事，因为美感经验全在欣赏形象本身，注意到这些问题，就是离开形象本身。但是就了解说，这些历史的知识却非常重要。例如要了解曹子建的《洛神赋》，就不能不知道他和甄后的关系；要欣赏陶渊明的《饮酒》诗，就不能不先考定原本中到底是"悠然望南山"还是"悠然见南山"。

了解和欣赏是互相补充的。未了解决不足以言欣赏，所以考据学是基本的功夫。但是只了解而不能欣赏，则只是做到史学的功夫，却没有走进文艺的领域。一般富于考据癖的学者通常都不免犯两种错误。第一种错误就是穿凿附会。他们以为作者一字一画都有来历，于是拉史实来附会它。他们不知道艺术是创造的，虽然可以受史实的影响，却不必完全受史实的支配。《红楼梦》一部书有多少"考证"和"索隐"？它的主人究竟是纳兰成德，是清朝某个皇帝，还是曹雪芹自己？"红学"家大半都忘记艺术生于创造的想象，不必实有其事。考据家的第二种错误在因考据而忘欣赏。他们既然把作品的史实考证出来之后，便以为能事已尽。而不进一步去玩味玩味。他们好比食品化学专家，把一席菜的来源、成分以及烹调方法研究得有条有理之后，便袖手旁观，不肯染指。就我个人说呢，我是一个饕餮汉，对于这般考据家的苦心孤诣虽是十二分的敬佩和感激，我自己却不肯学他们那样"斯文"，我以为最要紧的事还是伸箸把菜取到口里来咀嚼，领略领略它的滋味。

在考据学者们自己看，考据就是一种批评。但是一般人所谓批评，意义实不仅如此。所以我当初想望研究文学批评，而教师却只对我讲版本来源种种问题，我很惊讶，很失望。普通意义的批评究竟是什么呢？这也并没有定准，向来批评学者有派别的不同，所认识的批评的意义也不一致。我们把他们区分起来，可以得四大类。

第一类批评学者自居"导师"的地位。他们对于各种艺术先抱有一种理想而自己却无能力把它实现于创作，于是拿这个理想来期望旁人。他们欢喜向创作家发号施令，说小说应该怎样作，说诗要用音韵或是不要用音韵，说悲剧应该用伟大人物的材料，说文艺要含有道德的教训，如此等类的教条不一而足。他们以为创作家只要遵守这些教条，就可以作出好作品来。坊间所流行的《诗学法程》《小说作法》《作文法》等等书籍的作者都属于这一类。

第二类批评学者自居"法官"地位。"法官"要有"法"，所谓"法"便是"纪律"。这班人心中预存几条纪律，然后以这些纪律来衡量一切作品，和它们相符合的就是美，违背它们的就是丑。这种"法官"式的批评家和上文所说的"导师"式的批评家常合在一起。他们最好的代表是欧洲假古典主义的批评家。"古典"是指古希腊和罗马的名著，"古典主义"就是这些名著所表现的特殊风格，"假古典主义"就是要把这种特殊风格定为"纪律"让创作家来模仿。处"导师"的地位，这派批评家向创作家发号施令说："从古人的作品中我们抽绎出这几条纪律，你要谨遵无违，才有成功的希望！"处"法官"的地位，他们向创作家下批语说："亚里士多德明明说过坏人不能做悲剧主角，你莎士比亚何以要用一个杀皇帝的麦克白？做诗用字忌俚俗，你在麦克白的独语中用'刀'字，刀是屠户和厨夫的用具，拿来杀皇帝，岂不太损尊严，不合纪律？"（"刀"字的批评出诸约翰逊，不是我的杜撰。）这种批评的价值是很小的。文艺是创造的，谁能拿死纪律来范围活作品？谁读《诗歌作法》

如法炮制而做成好诗歌？

第三类批评学者自居"舌人"的地位。"舌人"的功用在把外乡话翻译为本地话，叫人能够懂得。站在"舌人"的地位的批评家说："我不敢发号施令，我也不敢判断是非，我只把作者的性格、时代和环境以及作品的意义解剖出来，让欣赏者看到易于明了。"这一类批评家又可细分为两种。一种如法国的圣伯夫，以自然科学的方法去研究作者的心理，看他的作品与个性、时代和环境有什么关系。一种为注疏家和上文所说的考据家，专以追溯来源、考订字句和解释意义为职务。这两种批评家的功用在帮助了解，他们的价值我们在上文已经说过。

第四类就是近代在法国闹得很久的印象主义的批评。属于这类的学者所居的地位可以说是"饕餮者"的地位。"饕餮者"只贪美味，尝到美味便把它的印象描写出来。他们的领袖是法朗士，他曾经说过："依我看来，批评和哲学与历史一样，只是一种给深思好奇者看的小说；一切小说，精密地说起来，都是一种自传。凡是真批评家都只叙述他的灵魂在杰作中的冒险。"这是印象派批评家的信条。他们反对"法官"式的批评，因为"法官"式的批评相信美丑有普遍的标准，印象派则主张各人应以自己的嗜好为标准，我自己觉得一个作品好就说它好，否则它虽然是人人所公认为杰作的《荷马史诗》，我也只把它和许多我所不欢喜的无名小卒一样看待。他们也反对"舌人"式的批评，因为"舌人"式的批评是科学的、客观的，印象派则以为批评应该是艺术的、主观的，它不应像餐馆的使女只捧菜给人吃，应该亲去尝菜的味道。

　　一般讨论读书方法的书籍往往劝读者持"批评的态度"。这所谓"批评"究竟取哪一个意义呢？它大半是指"判断是非"。所谓持"批评的态度"去读书，就是说不要"尽信书"，要自己去分判书中何者为真，何者为伪，何者为美，何者为丑。这其实就是"法官"式的批评。这种"批评的态度"和"欣赏的态度"（就是美

忌·俗滥生活

171

感的态度）是相反的。批评的态度是冷静的，不杂情感的，其实就是我们在开头时所说的"科学的态度"；欣赏的态度则注重我的情感和物的姿态的交流。批评的态度须用反省的理解，欣赏的态度则全凭直觉。批评的态度预存有一种美丑的标准，把我放在作品之外去评判它的美丑；欣赏的态度则忌杂有任何成见，把我放在作品里面去分享它的生命。遇到文艺作品如果始终持批评的态度，则我是我而作品是作品，我不能沉醉在作品里面，永远得不到真正的美感的经验。

印象派的批评可以说就是"欣赏的批评"。就我个人说，我是倾向这一派的，不过我也明白它的缺点。印象派往往把快感误认为美感。在文艺方面，各人的趣味本来有高低。比如看一幅画，"内行"有"内行"的印象，"外行"有"外行"的印象，这两种印象的价值是否相同呢？我小时候欢喜读《花月痕》和《吕东莱博议》一类的东西，现在回想起来不禁赧颜，究竟是我从前对还是现在对呢？文艺虽无普遍的纪律，而美丑的好恶却有一个道理。遇见一个作品，我们只说"我觉得它好"还不够，我们还应说出我何以觉得它好的道理。说出道理就是一般人所谓批评的态度了。

总而言之，考据不是欣赏，批评也不是欣赏，但是欣赏却不可无考据与批评。从前老先生们太看重考据和批评的功夫，现在一般青年又太不肯做脚踏实地的功夫，以为有文艺的嗜好就可以谈文艺，这都是很大的错误。

辑四

从今日起 跑跑跳跳
笑笑闹闹

忌·未老先衰

谈动

愁生于郁，解愁的方法在泄；郁由于静止，求泄的方法在动。

朋友：

从屡次来信看，你的心境近来似乎很不宁静。烦恼究竟是一种暮气，是一种病态，你还是一个十八九岁的青年，就这样颓唐沮丧，我实在替你担忧。

一般人欢喜谈玄，你说烦恼，他便从"哲学辞典"里拖出"厌世主义""悲观哲学"等等堂哉皇哉的字样来叙你的病由。我不知道你感觉如何？我自己从前仿佛也尝过烦恼的况味，我只觉得忧来无方，不但人莫之知，连我自己也莫名其妙，哪里有所谓哲学与人生观！我也些微领过哲学家的教训：在心气和平时，我景仰希腊廊下派哲学者，相信人生当皈依自然，不当存有嗔喜贪恋；我景仰托尔斯泰，相信人生之美在宥与爱；我景仰布朗宁，相信世间有丑才能有美，不完全乃真完全。然而外感偶来，心波立涌，拿天大的哲学，也抵挡不住。这固然是由于缺乏修养，但是青年们有几个修养到"不动心"的地步呢？从前长辈们往往拿"应该不应该"的大道理向我说法。他们说，像我这样一个青年应该活泼泼的，不应该暮气沉沉的，应该努力做学问，不应该把自己的忧乐放在心头。谢谢罢，请留着这副"应该"的方剂，将来患烦恼的人还多呢！

朋友，我们都不过是自然的奴隶，要征服自然，只得服从自然。违反自然，烦恼才乘虚而入，要排解烦闷，也须得使你的自然冲动有机会发泄。人生来好动，好发展，好创造。能动，能发展，能创造，便是顺从自然，便能享受快乐；不动，不发展，不创造，便是摧残生机，便不免感觉烦恼。这种事实在流行语中就可以见出，我们感觉快乐时说"舒畅"，感觉不快乐时说"抑郁"。这两个字样可以用作形容词，也可以用作动词。用作形容词时，它们描写快或不快的状态；用作动词时，我们可以说它们说明快或不快的原因。你感觉烦恼，因为你的生机被抑郁；你要想快乐，须得使你的生机能舒畅，能宣泄。流行语中又有"闲愁"的字样，闲人大半易于发愁，就因为闲时生机静止而不舒畅。青年人比老年人易于发愁些，因为青年人的生机比较强旺。小孩子们的生机也很强旺，然而不知道愁苦，因为他们时时刻刻地游戏，所以他们的生机不至于被抑郁。小孩子们偶尔不很乐意，便放声大哭，哭过了气就消去。成人们感觉烦恼时也还要拘礼节，哪能由你放声大哭呢？黄连苦在心头，所以愈觉其苦。歌德少时因失恋而想自杀，幸而他的文机动了，埋头两礼拜著成一部《少年维特之烦恼》，书成了，他的气也泄了，自杀的念头也打消。你发愁时并不一定要著书，你就读几篇哀歌，听一幕悲剧，借酒浇愁，也可以大畅胸怀。从前我很疑惑何以剧情愈悲而读之愈觉其快意，近来才悟得这个泄与郁的道理。

总之，愁生于郁，解愁的方法在泄；郁由于静止，求泄的方法在动。从前儒家讲心性的话，从近代心理学眼光看，都很粗疏，只有孟子的"尽性"一个主张，含义非常深广。一切道德学说都不免肤浅，如果不从"尽性"的基点出发。如果把"尽性"两字懂得透彻，我以为生活目的在此，生活方法也就在此。人性固然是复杂的，可是人是动物，基本性不外乎动。从动的中间我们可以寻出无限快感。这个道理我可以拿两件小事来印证：从前我住在家里，自己的书房总欢喜自己打扫。每看到书籍零乱，灰尘满地，你亲自去洒扫一过，霎时间混浊的世界变成明窗净几，此时悠然就坐，游目骋怀，乃觉有不可言喻的快慰；再比方你自己是欢喜打网球的，当你起劲打球时，你还记得天地间有所谓烦恼么？

你大约记得晋人陶侃的故事。他老来罢官闲居，找不得事做，便去搬砖。晨间把一百块砖由斋里搬到斋外，暮间把一百块砖由斋外搬到斋里。人问其故，他说："吾方致力中原，过尔优逸，恐不堪事。"他又尝对人说："大禹圣人，乃惜寸阴，至于众人，当惜分阴。"其实惜阴何必定要搬砖，不过他老先生还很茁壮，借这个玩艺儿多活动活动，免得抑郁无聊罢了。

朋友，闲愁最苦！愁来愁去，人生还是那么样一个人生，世界也还是那么样一个世界。假如把自己看得伟大，你对于烦恼，当有"不屑"的看待；假如把自己看得渺小，你对于烦恼当有"不值得"的看待。我劝你多打网球，多弹钢琴，多栽花木，多搬砖弄瓦。假如你不喜欢这些玩艺儿，你就谈谈笑笑，跑跑跳跳，也是好的。就在此祝你：

谈谈笑笑，

跑跑跳跳！

你的朋友　光潜

谈静

在百忙中，在尘世喧嚷中，你偶然间丢开一切，悠然遐想，你心中便蓦然似有一道灵光闪烁，无穷妙悟便源源而来。

朋友：

前信谈动，只说出一面真理。人生乐趣一半得之于活动，也还有一半得之于感受。所谓"感受"是被动的，是容许自然界事物感动我的感官和心灵。这两个字涵义极广。眼见颜色，耳闻声音，是感受；见颜色而知其美，闻声音而知其和，也是感受。同一美颜，同一和声，而各个人所见到的美与和的程度又随天资境遇而不同。比方路边有一棵苍松，你看见它只觉得可以砍来造船；我见到它可以让人纳凉；旁人也许说它很宜于入画，或者说它是高风亮节的象征。再比方街上有一个乞丐，我只能见到他的蓬头垢面，觉得他很讨厌；你见他便发慈悲心，给他一个铜子；旁人见到他也许立刻发下宏愿，要打翻社会制度。这几个人反应不同，都由于感受力有强有弱。

世间天才之所以为天才，固然由于具有伟大的创造力，而他的感受力也分外比一般人强烈。比方诗人和美术家，你见不到的东西他能见到，你闻不到的东西他能闻到。麻木不仁的人就不然，你就请伯牙向他弹琴，他也只联想到棉匠弹棉花。感受也可以说是"领略"，不过领略只是感受的一方面。世界上最快活的人不仅是最活动的人，也是最能领略的人。所谓领略，就是能在生活中寻出趣味。好比吃茶，渴汉只管满口吞咽，会吃茶的人却一口一口地细啜，能领略其中风味。

能处处领略到趣味的人决不至于岑寂，也决不至于

辑四

182

烦闷。朱子有一首诗说："半亩方塘一鉴开，天光云影共徘徊。问渠那得清如许？为有源头活水来。"这是一种绝美的境界。你姑且闭目一思索，把这幅图画印在脑里，然后假想这半亩方塘便是你自己的心，你看这首诗比拟人生苦乐多么惬当！一般人的生活干燥，只是因为他们的那"半亩方塘"中没有天光云影，没有源头活水来，这源头活水便是领略得的趣味。

领略趣味的能力固然一半由于天资，一半也由于修养。大约静中比较容易见出趣味。物理上有一条定律说：两物不能同时并存于同一空间。这个定律在心理方面也可以说得通。一般人不能感受趣味，大半因为心地太忙，不空所以不灵。我所谓"静"，便是指心界的空灵，不是指物界的沉寂，物界永远不沉寂的。你的心境愈空灵，你愈不觉得物界沉寂，或者我还可以进一步说，你的心界愈空灵，你也愈不觉得物界喧嘈。所以习静并不必定要逃空谷，也不必定学佛家静坐参禅。静与闲也不同。许多闲人不必都能领略静中趣味，而能领略静中趣味的

忌·未老先衰

183

人，也不必定要闲。在百忙中，在尘世喧嚷中，你偶然间丢开一切，悠然遐想，你心中便蓦然似有一道灵光闪烁，无穷妙悟便源源而来。这就是忙中静趣。

我这番话都是替两句人人知道的诗下注脚。这两句诗就是"万物静观皆自得，四时佳兴与人同"。大约诗人的领略力比一般人都要大。近来看周启孟的《雨天的书》引日本人小林一茶的一首俳句：

"不要打哪，苍蝇搓他的手，搓他的脚呢。"觉得这种情境真是幽美。你懂得这一句诗就懂得我所谓静趣。中国诗人到这种境界的也很多。现在姑且就一时所想到的写几句给你看：

鱼戏莲叶东，鱼戏莲叶西，鱼戏莲叶南，鱼戏莲叶北。

——古诗，作者姓名佚

山涤余霭，宇暖微霄。有风自南，翼彼新苗。

——陶渊明《时运》

采菊东篱下，悠然见南山。山气日夕佳，
飞鸟相与还。

——陶渊明《饮酒》

目送飘鸿，手挥五弦。俯仰自得，游心太玄。

——嵇叔夜《送秀才从军》

倚杖柴门外，临风听暮蝉。渡头余落日，
墟里上孤烟。

——王摩诘《赠裴迪》

像这一类描写静趣的诗，唐人五言绝句中最多。你只要仔细玩味，你便可以见到这个宇宙又有一种景象，为你平时所未见到的。梁任公的《饮冰室文集》里有一篇谈"烟士披里纯"，詹姆斯的《与教员学生谈话》(James: *Talks To Teachers and Students*) 里面有三篇谈人生观，关于静趣都说得很透辟。可惜此时这两部书都不在手边，不能录几段出来给你看。你最好自己到图书馆去查阅。

詹姆斯的《与教员学生谈话》那三篇文章（最后三篇）尤其值得一读，记得我从前读这三篇文章，很受他感动。

静的修养不仅是可以使你领略趣味，对于求学处事都有极大帮助。释迦牟尼在菩提树阴静坐而证道的故事，你是知道的。古今许多伟大人物常能在仓皇扰乱中雍容应付事变，丝毫不觉张皇，就因为能镇静。现代生活忙碌，而青年人又多浮躁。你站在这潮流里，自然也难免跟着旁人乱嚷。不过忙里偶然偷闲，闹中偶然觅静，于身于心，都有极大裨益。你多在静中领略些趣味，不特你自己受用，就是你的朋友们看着你也快慰些。我生平不怕呆人，也不怕聪明过度的人，只是对着没有趣味的人，要勉强同他说应酬话，真是觉得苦也。你对着有趣味的人，你并不必多谈话，只是默然相对，心领神会，便可觉得朋友中间的无上至乐。你有时大概也发生同样感想罢？

眠食诸希珍重！

你的朋友　光潜

谈冷静

大抵修养入手的功夫在多读书明理，自己时时检点自己，要使理智常是清醒的，不让情感与欲望恣意孤行，久而久之，自然胸襟澄然，矜平躁释，遇事都能保持冷静的态度。

德国哲学家尼采把人类精神分为两种，一是阿波罗的，一是狄俄尼索斯的，这两个名称起源于希腊神话。阿波罗是日神，是光的来源，世间一切事物得着光才显现形相。希腊人想象阿波罗恋临奥林匹斯高峰，雍容肃穆，转运他的奕奕生辉的巨眼，普照世间一切，妍丑悲欢，同供玩赏，风帆自动而此心不为之动，他永远是一个冷静的旁观者。狄俄尼索斯是酒神，是生命的来源，生命无常幻变，狄俄尼索斯要在生命幻变中忘却生命幻变所生的痛苦，纵饮狂歌，争取刹那间尽量的欢乐，时时随着生命的狂澜流转，如醉如痴，曾不停止一息来返观自然或是玩味事物的形相，他永远是生命剧场中一个热烈的扮演者。尼采以为人类精神原有这两种分别，一静一动，一冷一热，一旁观，一表演。艺术是精神的表现，也有这两种分别，例如图画雕刻等造型艺术是代表阿波罗精神的，音乐跳舞等非造型是代表狄俄尼索斯精神的。尼采看，古代希腊人本最富于狄俄尼索斯精神，体验生命的痛苦最深切，所以内心最悲苦，然而没有走上绝望自杀的路，就好在有阿波罗精神来营救，使他们由表演者的地位跳到旁观者的地位，由热烈而冷静，于是人生一切灾祸罪孽便变成庄严灿烂的意象，产生了希腊人的最高艺术——悲剧。

尼采的这番话乍看来未免离奇，实在含有至理。近代心理学区分性格的话和它暗合的很多，我们在这里不必繁引。尼采专就希腊艺术着眼，以为它的长处在以阿波罗精神化狄俄尼索斯精神。希腊艺术的作风在后来被称为"古典的"，和"浪漫的"相对立。所谓"古典的"作风特点就在冷静，有节制，有含蓄，全体必须和谐完美；所谓"浪漫的"作风特点就在热烈，自由流露，尽量表现，想象丰富，情感深至，而全体形式则偶不免有瑕疵。从此可知古典主义是偏于阿波罗精神的，浪漫主义是偏于狄俄尼索斯精神的。

　　"古典的"与"浪漫的"原只适用于文艺，后来常有人借用这两个形容词来谈人的性格，说冷静的、纯正的、情理调和的人是"古典的"；热烈的、好奇特的、偏重情感与幻想的人是"浪漫的"。人禀赋不同，生来各有偏向，教育与环境也常容易使人习染于某一方面，但就大体来说，青年人的性格常偏于"浪漫的"，老年人的性格常偏于"古典的"，一个民族也往往如此。这两种性格各有特长，在理论上我们似难作左右袒。不过我们可以说，无论在艺术或在为人方面，"浪漫的"都多少带着些稚气，而"古典的"则是成熟的境界。如果读者容许我说一点个人的经验，我的青年期已过去了，现在快走完中年的阶段，我曾经热烈地爱好过"浪漫的"文艺与性格，现在已开始逐渐发现"古典的"更可爱。我觉得一个人在任何方面想有真正伟大的成就，"古典的""阿波罗的"冷静都绝不可少。

要明白冷静，先要明白我们通常所以不能冷静的原因。说浅一点，不能冷静是任情感，逞意气，易受欲望的冲动，处处显得粗心浮气；说深一点，不能冷静是整个性格修养上的欠缺，心境不够冲和豁达，头脑不够清醒，风度不够镇定安详。说到性格修养，困难在调和情与理。人是有生气的动物，不能无情感；人为万物之灵，不能无理智。情热而理冷，所以常相冲突。有一部分宗教家和哲学家见到任情纵欲的危险，主张抑情以存理。这未免是剥丧一部分人类天性，可以使人生了无生气，不能算是健康的人生观。中外大哲人如孔子、柏拉图诸人都主张以理智节制情欲，使情欲得其正而能与理智相调和。不过这不是一件易事。孔子自道经验说："七十而从心所欲，不逾矩。"这才算是情理融和的境界，以孔子那样圣哲，到七十岁才能做到，可见其难能可贵。大抵修养入手的功夫在多读书明理，自己时时检点自己，要使理智常是清醒的，不让情感与欲望恣意孤行，久而久之，自然胸襟澄然，矜平躁释，遇事都能保持冷静的态度。

学问是理智的事，所以没有冷静的态度不能做学问。在做学问方面，冷静的态度就是科学的态度。科学（一切求真理的活动都包含在内）的任务在根据事实推求原理，在紊乱中建立秩序，在繁复中寻求条理。要达到这种任务，科学必须尊重所有的事实，无论它是正面的或反面的，不能挟丝毫成见去抹杀事实或是歪曲事实；他根据人力所能发现的事实去推求结论，必须步步虚心谨慎，把所有的可能解说都加以缜密考虑，仔细权衡得失，然后选定一个比较圆满的解说，留待未来事实的参证。

所以科学的态度必须冷静，冷静才能客观、缜密、谨严。尝见学者立说，胸中先有一成见，把反面的事实抹杀，把相反的意见丢开，矜一曲之见为伟大发明，旁人稍加批评，便以怒目相加，横肆诋骂，批评者也以诋骂相报，此来彼去，如泼妇骂街，把原来的论点完全忘去。我们通常说这是动情感，凭意气。一个人愈易动情感，凭意气，在学问上愈难有成就。一个有学问的人必定是"清明在躬，志气如神"，换句话说，必定能冷静。

一般人欢喜拿文艺和科学对比，以为科学重理智而文艺重情感。其实文艺正因为表现情感的缘故，需要理智的控制反比科学更甚。英国诗人华兹华斯曾自道经验说："诗起于沉静中所回味得来的情绪。"人人都能感受情绪，感受情绪而能在沉静中回味，才是文艺家的特殊的修养。感受是能入，回味是能出。能入是主观的，热烈的；回味是客观的，冷静的。前者是尼采所谓狄俄尼索斯精神的表现，而后者则是阿波罗精神的表现，许多人以为生糙情感便是文艺材料，怪自己没有能力去表现，其实文艺须在这生糙情感之上加以冷静的回味、思索、安排，才能豁然贯通，见出形式。语言与情思都必经过洗刷炼裁，才能恰到好处。许多人在兴高采烈时完成一个作品，便自矜为绝作，过些时候自己再看一遍，就不免发现许多毛病。罗马批评家贺拉斯劝人在完成作品之后，放下几年才发表，也是有见于文艺创作与修改，须要冷静，过于信任一时热烈兴头是最易误事的。我们在前面已经说过，成熟的古典的文艺作品特色就在冷静。近代写实派不满意于浪漫派，原因在也主张文艺要冷静。一个人多在文艺方面下功夫，常容易养成冷静的态度。关于这一点，我在几年前写过一段自白，希望读者容许我引来参证：

　　我应该感谢文艺的地方很多，尤其它教我学会一种观世法。一般人常以为只有科学的训练才可以养成冷静的客观的头脑。……我也学过科学，但是我的冷静的客观的头脑不是从科学而是从文艺得来的。凡是不能持冷静的客观的态度的人，毛病都在把"我"看得太大。他们从"我"这一副着色的望远镜里看世界，一切事物于是都失去它们的本来面目。所谓冷静的客观的态度就是丢开这副望远镜，让"我"跳到圈子以外，不当作世界里有"我"而去看世界，还是把"我"与类似"我"的一切东西同样看待。这是文艺的观世法，也是我所学得的观世法。

我引这段话，一方面说明文艺的活动是冷静，一方面也趁便引出做人也要冷静的道理。我刚才提到丢开"我"去看世界，我们也应该丢开"我"去看"我"。"我"是一个最可宝贵也是最难对付的东西。一个人不能无"我"，无"我"便是无主见，无人格。一个人也不能执"我"，执"我"便是持成见，逞意气，做学问不易精进，做事业也不易成功。佛家主张"无我相"，老子劝告孔子"去子之骄气与多欲"，都是有见于"执我"的错误。"我"既不能无，又不能执，如何才可以调剂安排，恰到好处呢？这需要知识。我们必须彻底认清"我"，才会妥帖地处理"我"。

"知道你自己"，这句名言为一般哲学家公认为希腊人的最高智慧的结晶。世间事物最不容易知道的是你自己，因为要知道你自己，你必须能丢开"我"去看"我"，而事实上有了"我"就不容易丢开"我"，许多人都时时为我见所蒙蔽而不自知，人不易自知，有如有眼不能自见，有力不能自举。你本是一个凡人，你却容易把自己看成一个英雄；你的某一个念头、某一句话、某一种行为本是错误的，因为是你自己所想的、说的、做的，你的主观成见总使你自信它是对的。执迷不悟是人所常犯的过失。中国儒家要除去这个毛病，提倡"自省"的功夫。"自省"就是自己审问自己，丢开"我"去看"我"。一般人眼睛常是朝外看，自省就是把眼光转向里面看。一般能自省的人才能自知。自省所凭借的是理智，是冷静的客观的科学的头脑。能冷静自省，品格上许多亏缺都可以免除。比如你发怒时，经过一番冷静的自省，你的怒气自然消释；你起了一个不正当的欲念时，经过一番冷静的自省，那个欲念也就冷淡下去；你和人因持异见争执，盛气相凌，你如果能冷静地把所有的论证衡量一下，你自然会发现谁是谁非，如果你自己不对，你须自认错误，如果你自己对，你有理由可以说服人。

从这些例子看，"自省"含有"自制"的功夫在内。一个能自制的人才能自强。能自制便有极大的意志力，有极大的意志力才能认定目标，看清事物条理，征服一切环境的困难，百折不挠以抵于成功。古今英雄豪杰有大过人的地方都在有坚强的意志力，而他们的坚强的意志力的表现往往在自制方面。哲学家如苏格拉底，宗教家如耶稣、释迦牟尼，政治家如诸葛亮、谢安、李泌，都是显著的实例。许多人动辄发火生气，或放僻邪侈，横无忌惮，或暴戾刚愎，恣意孤行，这种人看来像是强悍勇猛，实在最软弱，他们做情感的奴隶，或是卑劣欲望的奴隶，自己尚且不能控制，怎能控制旁人或控制环境呢？这种人大半缺乏冷静，遇事鲁莽决裂，终必至于偾事。如果军国大政落在这种人的手里，则国家民族变成野心或私欲的孤注，在一喜一怒之间轻轻被断送。今日的德意志和日本不惜涂炭千百万生灵，置全民族命脉于险境，实由于少数掌政权者缺乏冷静的头脑，聊图逞一时的意气与狂妄的野心，如悬崖纵马，一放而不可收拾。这是最好的殷鉴。人类许多不必要的灾祸罪孽都是这种人惹出来的。如果我们从这些事例上想一想，就可以见出一个人或一个民族在失去冷静的理智的态度时所冒的危险。

一个理想的人须是有德有学有才。德与学需要冷静，如上所述，才也不是例外。才是处事的能力。一件事常有许多错综复杂的关系，头脑不冷静的人处之，便如置身五里雾中，觉得需要处理的是一团乱丝，处处是纠纷困难。他不是束手无策，就是考虑不周到，布置不缜密，一个困难未解决，又横生枝节，把事情弄得更糟。冷静的人便能运用科学的眼光，把目前复杂情形全盘一看，看出其中关系条理与轻重要害，在种种可能的办法之中选择一个最合理的，于是一切纠纷便如庖丁解牛，迎刃而解。治个人私事如此，治军国大事也是如此，能冷静的人必能谋定后动，动无不成。

一个冷静的人常是立定脚跟，胸有成竹，所以临难遇险，能好整以暇，雍容部署，不至张皇失措。我们中国人对于这种风格向来当作一种美德来欣赏赞叹。孔子在陈过匡，视险若夷，汉高伤胸扪足，史传都传为美谈，后来《世说新语》所载的"雅量"事例尤多，现提举数条来说明本文所谈的冷静：

> 桓公伏甲设馔，广延朝士，因此欲诛谢安王坦之。王甚遽，问谢曰："当作何计？"谢神色不变，谓文度曰："晋阼存亡在此一行。"相与俱前，王之恐状转见于色，谢之宽容愈表于貌，望阶趋席，方作洛生咏讽，浩浩洪流。桓惮其旷远，乃趣解兵。王谢旧齐名，于此始

判优劣。

谢太傅盘桓东山，时与孙兴公诸人汎海戏。风起浪涌，孙王诸人色并遽，便唱使还。太傅神情方王，吟啸不言。舟人以公貌闲意悦，犹去不止。既风转急浪猛，诸人皆喧动不坐。公徐云："如此将无归。"众人即承响而回，于是审其量足以镇定朝野。

王子猷子敬曾俱坐一室，上忽发火。子猷遽走避，不遑取屐，子敬神色恬然，徐唤左右扶凭而出，不异平常。世以此定二王神宇。

这些都是冷静态度的最好实例。这种"雅量"所以难能可贵，因为它是整个人格的表现，需要深厚的修养。有这种雅量的人才能担当大事，因为他豁达、清醒、沉着，不易受困难摇动，在危急中仍可想出办法。

冷静并不如庄子所说的"形如槁木，心如死灰"，但是像他所说的游鱼从容自乐。禅家最好做冷静的功夫，他们的胜境却不在坐禅而在禅机。这"机"字最妙。宇宙间许多至理妙谛，寄寓于极平常微细的事物中，往往被粗心浮气的人们忽略过，陈同甫所以有"恨芳菲世界，游人未赏，都付与莺和燕"的嗟叹。冷静的人才能静观，才能发现"万物皆自得"。孔子引《诗经》"鸢飞戾天，鱼跃于渊"二句而加以评释说："言其上下察也。"这"察"字下得极好，能"察"便能处处发现生机，吸收生机，觉得人生有无穷乐趣。世间人的毛病只是习焉不察，所以生活枯燥，日流于卑鄙污浊。"察"就是"静观"，美学家所说的"观照"，它的唯一条件是冷静超脱。哲学家和科学家所做的功夫在这"察"字上，诗人和艺术家所做的功夫也还在这"察"字上。尼采所说的日神阿波罗也是时常在"察"。人在冷静时静观默察，处处触机生悟，便是"地行仙"。有这种修养的人才有极丰富的生机和极厚实的力量！

谈情与理

生活是多方面的，我们不但要能够知（know），
我们更要能够感（feel）。

朋友：

去年张东荪先生在《东方杂志》发表过两篇论文，讨论兽性问题，并提出理智救国的主张。今年李石岑先生和杜亚泉先生也为着同样问题，在《一般》上起过一番辩论。一言以蔽之，他们的争点是：我们的生活应该受理智支配呢？还是应该受感情支配呢？张、杜两先生

都是理智的辩护者，而李先生则私淑尼采，对于理智颇肆抨击。我自己在生活方面，尝感着情与理的冲突。近来稍涉猎文学哲学，又发现现代思潮的激变，也由这个冲突发轫。屡次手痒，想做一篇长文，推论情与理在生活与文化上的位置，因为牵涉过广，终于搁笔。在私人通信中，大题不妨小做，而且这个问题也是青年急宜了解的，所以趁这次机会，粗陈鄙见。

科学家讨论事理，对于规范与事实，辨别极严。规范是应然的，是以人的意志定出一种法则来支配人类生活的。事实是实然的，是受自然法则支配的。比方伦理、教育、政治、法律、经济各种学问都侧重规范，数、理、化各种学问都侧重事实。规范虽和事实不同，而却不能不根据事实。比方在教育学中，"自由发展个性"是一种规范，而根据的是儿童心理学中的事实；在马克思派经济学中，"阶级斗争"和"劳工专政"都是规范，而"剩余价值"律和"人口过剩"律是他所根据的事实。但是一般人制定规范，往往不根据事实而根据自己的希望。不知人的希望和自然界的事实常不相伴，而规范是应该限于事实的。规范倘若不根据事实，则不特不能实现，而且漫无意义。比方在事实上二加二等于四，而人的希望往往超过事实，硬想二加二等于五。既以为二加二等于五是很好的，便硬定"二加二应该等于五"的规范，这岂不是梦语？

我所以不满意张东荪、杜亚泉诸先生的学说者，就因为他们既没有把规范和事实分别清楚，而又想离开事实，只凭自家理想去订规范。他们想把理智抬举到万能的地位，而不问在事实上理智是否万能；他们只主张理智应该支配一切生活，而不考究生活是否完全可以理智支配。我很奇怪张先生以柏格森的翻译者而抬举理智，我尤其奇怪杜先生想从哲学和心理学的观点去抨击李先生，而不知李先生的学说得自尼采，又不知他自己所根据的心理学早已陈死。

只论事实，世界文化和个人生活果能顺着理智所指的路径前进么？现代哲学和心理学对于这个问题所给的答案是否定的。

哲学家怎么说呢？现代哲学的主要潮流可以说主要是十八世纪理智主义的反动。自尼采、叔本华以至于柏格森，没有人不看透理智的威权是不实在的。依现代哲学家看，宇宙的生命、社会的生命，和个体的生命都只有目的而无先见（purposive without foresight）。所谓有目的，是说生命是有归宿的，是向某固定方向前进的。所谓无先见，是说在某归宿之先，生命不能自己预知归宿何所。比方母鸡孵卵，其目的在产小鸡，而这个目的却不必预存于母鸡的意识中。理智就是先见，生命不受先见支配，所以不受理智支配。这是现代哲学上一种主要思潮，而这个思潮在政治思想上演出两个相反的结论。其一为英国保守派政治哲学。他们说，理智既不能左右社会生命，所以我们应该让一切现行制度依旧存在，它们自己会变好，不用人费力去筹划改革。其一为法国行会主义（syndicalism）。这派激烈分子说，现行制度已经够坏了，把它们打破以后，任它们自己变去，纵然没有理智产生的建设方略，也决不会有比现在更坏的制度发现出来。无论你相信哪一说，理智都不是万能的。

在心理学方面，理智主义的反动尤其剧烈。这种反动有两个大的倾向。第一个倾向是由边沁的享乐主义（hedonism）转到麦独孤的动原主义（homic theory）。享乐派心理学者以为一切行为都不外寻求快感与避免痛感。快感与痛感就是行为的动机。吾人心中预存何者发生快感、何者发生痛感的计算，而后才有寻求与避免的行为。换句话说，行为是理智的产品，而理智所去取，则以感觉之快与不快为标准。这种学说在十八、十九两世纪颇盛行，到了现代，因为受麦独孤心理学者的攻击，已成体无完肤。依麦独孤派学者看，享乐主义误在倒果为因。快感与痛感是行为的结果，不是行为的动机，动作顺利，于是生快感，动作受阻碍，于是生痛感；在动作未发生之前，吾人心中实未曾运用理智，预期快感如何寻求、痛感如何避免。行为的原动力是本能与情绪，不是理智。这个道理麦独孤在他的《社会心理学》里说得很警辟。

心理学上第二个反理智的倾向是弗洛伊德派的隐意识心理学。依这派学者看，心好比大海，意识好比海面浮着的冰山，其余汪洋深湛的统是隐意识。意识在心理中所占位置甚小，而理智在意识中所占位置又甚小，所以理智的能力是极微末的，通常所谓理智，大半是理性化（rationalisation）的结果，理智之来，常不在行为未发生之前，而在行为已发生之后。行为之发生，大半由隐意识中的情意综（complexes）主持。吾人于事后须得解释辩护，于是才找出种种理由来。这便是理性化。比方一个人钟爱一个女子，天天不由自主地走到她的寓所左右。而他自己所能举出的理由只不外"去看报纸""去访她哥哥""去看那棵柳树今天开了几片新叶"一类的话。照这样说，不特理智不易驾驭感情，而理智自身也不过是感情的变相。维护理智的人喜用弗洛伊德的升华说（sublimation）做护身符，不知所谓升华大半还是隐意识作用，其中情的成分比理的成分更加重要。

总观以上各点，我们可以知道在事实上理智支配生活的能力是极微末、极薄弱的，尊理智抑感情的人在思想上是开倒车，是想由现世纪回到十八世纪。开倒车固然不一定就是坏，可是要开倒车的人应该先证明现代哲学和心理学是错误的。不然，我们决难悦服。

更进一步，我们姑且丢开理智是否确能支配情感的问题，而衡量理智的生活是否确比情感的生活价值来得高。迷信理智的人不特假定理智能支配生活，而且假定理智的生活是尽善尽美的。第一个假定，我们已经知道，是与现代哲学和心理学相矛盾的。现在我们来研究第二个假定。

第一，我们应该知道理智的生活是很狭隘的。如果纯任理智，则美术对于生活无意义，因为离开情感，音乐只是空气的震动，图画只是涂着颜色的纸，文学只是联串起来的字。如果纯任理智，则宗教对于生活无意义，因为离开情感，自然没有神奇，而冥感灵通全是迷信。

如果纯任理智，则爱对于人生也无意义，因为离开情感，男女的结合只是为着生殖。我们试想生活中无美术、无宗教（我是指宗教的狂热的情感与坚决信仰）、无爱情，还有什么意义？记得几年前有一位学生物学的朋友在《学灯》上发表一篇文章，说穷到究竟，人生只不过是吃饭与交媾。他的题目我一时记不起，仿佛是"悲""哀"一类的字。专从理智着想，他的话是千真万确的。但是他忘记了人是有感情的动物。有了感情，这个世界便另是一个世界，而这个人生便另是一个人生，决不是吃饭交媾就可以了事的。

第二，我们应该知道理智的生活是很冷酷的，很刻薄寡恩的。理智指示我们应该做的事甚多，而我们实在做到的还不及百分之一。所做到的那百分之一大半全是由于有情感在后面驱遣。比方我天天看见很可怜的乞丐，理智也天天提醒我赈济困穷的道理，可是除非我心中怜悯的情感触动时，我百回就有九十九回不肯掏腰包。前几天听见一位国学家投河的消息，和朋友们谈，大家都觉得他太傻。他固然是傻，可是世间有许多事须得有几分傻气的人才能去做。纯信理智的人天天都打计算，有许多不利于己的事他决不肯去做的。历史上许多侠烈的事迹都是情感的而不是理智的。

人类如要完全信任理智，则不特人生趣味剥削无余，而道德亦必流为下品。严密说起，纯任理智的世界中只能有法律而不能有道德。纯任理智的人纵然也说道德，可是他们的道德是问理的道德（morality according to principle），而不是问心的道德（morality according to heart）。问理的道德迫于外力，问心的道德激于衷情，问理而不问心的道德，只能给人类以束缚而不能给人类以幸福。

比方中国人所认为百善之首的"孝"，就可以当作问理的道德，也可以当作问心的道德。如果单讲理智，父母对于子女不能居功，而子女对于父母便不必言孝。这个道理胡适之先生在《答汪长禄书》里说得很透辟。他说：

"父母于子无恩"的话，从王充、孔融以来，也很久了。……今年我自己生了一个儿子，我才想到这个问题上去。我想这个孩子自己并不曾自由主张要生在我家，我们做父母的也不曾得他的同意，就糊里糊涂地给他一条生命，况且我们也并不曾有意送给他这条生命。我们既无意，如何能居功？……我们生一个儿子，就好比替他种了祸根，又替社会种了祸根。……所以我们教他养他，只是我们减轻罪过的法子。……这可以说是恩典吗？

因此，胡先生不赞成把"儿子孝顺父母"列为一种"信条"。

胡先生所以得此结论，是假定孝只是一种报酬，只是一种问理的道德。把孝当作这样解释，我也不赞成把它"列为一种信条"。但是我们要知道真孝并不是一种报酬，并不是借债还息。孝只是一种爱，而凡爱都是以心感心，以情动情，决不像做生意买卖，时时抓住算盘子，计算你给我二五，我应该报酬你一十。换句话说，孝是情感的，不是理智的。世间有许多慈母，不惜牺牲一切，以养护她的婴儿；世间也有许多婴儿，无论到了怎样困穷忧戚的境遇，总可以把头埋在母亲的怀里，得那不能在别处得到的保护与安慰。这就是孝的起源，这也就是一切爱的起源。这种孝全是激于至诚的，是我所谓问心的道德。

孝不是一种报酬，所以不是一种义务，把孝看成一种义务，于是"孝"就由问心的道德降而为问理的道德了。许多人"孝顺"父母，并不是因为激于情感，只因为他想凡是儿子都须得孝顺父母，才成体统。礼至而情不至，孝的意义本已丧失。儒家想因存礼以存情，于是孝变成一种虚文。像胡先生所说，"无论怎样不孝的人，一穿上麻衣，戴上高粱冠，拿着哭丧棒，人家就赞他做'孝子'了"。近人非孝，也是从理智着眼，把孝看作一种债息。其实与儒家末流犯同一毛病。问理的孝可非，而问心的孝是不可非的。

孝不过是许多事例中之一种。其他一切道德也都可以有问心的和问理的分别。问理的道德虽亦不可少，而衡其价值，则在问心的道德之下。孔子讲道德注重"仁"字，孟子讲道德注重"义"字，"仁"比"义"更有价值，是孔门学者所公认的。"仁"就是问心的道德，"义"就是问理的道德。宋儒注"仁义"两个字说："仁者心之德，义者事之宜。"这是很精确的。

　　我说了这许多话，可以一言以蔽之，"仁"胜于"义"，问心的道德胜于问理的道德，所以情感的生活胜于理智的生活。生活是多方面的，我们不但要能够知（know），我们更要能够感（feel）。理智的生活只是片面的生活。理智没有多大能力去支配情感，纵使理智能支配情感，而理胜于情的生活和文化都不是理想的。

　　我对于这个问题还有许多的话，在这封信里只能言不尽意，待将来再说。

　　　　　　　　　　你的朋友　光潜

附注：

此文发表后，曾蒙杜亚泉先生给了一个批评（见《一般》三卷三号），当时课忙，所以没有奉复。我此文结论中明明说过："问理的道德虽亦不可少，而衡其价值，则在问心的道德之下。"我并没有说把理智完全勾消。杜先生也说："我也主张主情的道德。"然则我们的意见根本并无二致。我不能不羡慕杜先生真有闲工夫。

杜先生一方面既然承认"朱先生说，'真孝并不是一种报酬'这句话很精到的"，而另一方面又加上一句"但说'孝不是一种义务'这句话却错了"。我以为他可以说出一番大道理来，而下文不过是如此："至于父母就是社会上担负教育子女义务的人……这种人在衰老的时候，社会也应该辅养他。"说明白一点咧，在子女幼时，父母曾为社会辅养子女；所以到父母老时，子女也应该为社会辅养父母。

请问杜先生，这是不是所谓报酬？承认我的"孝不是一种报酬"一语为"精到"，而说明"孝是一种义务"时，又回到报酬的原理，这似犯了维护理智的人们所谓"矛盾律"。

"今之谓孝者，是为能养"，杜先生大约还记得下文罢？我承认"养老""养小"都确是一种义务，我否认能尽这种义务就是孝慈。因为我主张于能尽养老的义务以外，还要有出于衷诚的敬爱，才能谓孝，所以我主张孝不是一种报酬。因为我主张孝不是一种报酬，所以我否认孝只是一种义务。杜先生同意于"孝不是一种报酬"，而致疑于"孝不是一种义务"，这也是矛盾。

　　维护理智的人，推理一再陷于矛盾，世间还有更好的凭据证明理智不可尽信么？

十七年二月　光潜附注

「慢慢走，欣赏啊！」——人生的艺术化

人生本来就是一种较广义的艺术。每个人的生命史就是他自己的作品。

一直到现在，我们都是讨论艺术的创造与欣赏。在收尾这一节中，我提议约略说明艺术和人生的关系。

我在开章明义时就着重美感态度和实用态度的分别，以及艺术和实际人生之中所应有的距离，如果话说到这里为止，你也许误解我把艺术和人生看成漠不相关的两件事。我的意思并不如此。

人生是多方面而却相互和谐的整体，把它分析开来看，我们说某部分是实用的活动，某部分是科学的活动，某部分是美感的活动，为正名析理起见，原应有此分别；但是我们不要忘记，完满的人生见于这三种活动的平均发展，它们虽是可分别的而却不是互相冲突的。"实际人生"比整个人生的意义较为窄狭。一般人的错误在把它们认为相等，以为艺术对于"实际人生"既是隔着一层，它在整个人生中也就没有什么价值。有些人为维护艺术的地位，又想把它硬纳到"实际人生"的小范围里去。这般人不但是误解艺术，而且也没有认识人生。我们把实际生活看作整个人生之中的一片段，所以在肯定艺术与实际人生的距离时，并非肯定艺术与整个人生的隔阂。严格地说，离开人生便无所谓艺术，因为艺术是情趣的表现，而情趣的根源就在人生；反之，离开艺术也便无所谓人生，因为凡是创造和欣赏都是艺术的活动，无创造、无欣赏的人生是一个自相矛盾的名词。

人生本来就是一种较广义的艺术。每个人的生命史就是他自己的作品。这种作品可以是艺术的，也可以不是艺术的，正有如同是一种顽石，这个人能把它雕成一座伟大的雕像，而另一个人却不能使它"成器"，分别全在性分与修养。知道生活的人就是艺术家，他的生活就是艺术作品。

过一世生活好比做一篇文章。完美的生活都有上品文章所应有的美点。

第一，一篇好文章一定是一个完整的有机体，其中全体与部分都息息相关，不能稍有移动或增减。一字一句之中都可以见出全篇精神的贯注。比如陶渊明的《饮酒》诗本来是"采菊东篱下，悠然见南山"，后人把"见"字误印为"望"字，原文的自然与物相遇相得的神情便完全丧失。这种艺术的完整性在生活中叫做"人格"。凡是完美的生活都是人格的表现。大而进退取与，小而声音笑貌，都没有一件和全人格相冲突。不肯为五斗米折腰向乡里小儿，是陶渊明的生命史中所应有的一段文章，如果他错过这一个小节，便失其为陶渊明。下狱不

忌·未老先衰

217

肯脱逃，临刑时还叮咛嘱咐还邻人一只鸡的债，是苏格拉底的生命史中所应有的一段文章，否则他便失其为苏格拉底。这种生命史才可以使人把它当作一幅图画去惊赞，它就是一种艺术的杰作。

其次，"修辞立其诚"是文章的要诀，一首诗或是一篇美文一定是至性深情的流露，存于中然后形于外，不容有丝毫假借。情趣本来是物我交感共鸣的结果。景物变动不居，情趣亦自生生不息。我有我的个性，物也有物的个性，这种个性又随时地变迁而生长发展。每人在某一时会所见到的景物，和每种景物在某一时会所引起的情趣，都有它的特殊性，断不容与另一人在另一时会所见到的景物，和另一景物在另一时会所引起的情趣完全相同。毫厘之差，微妙所在。在这种生生不息的情趣中我们可以见出生命的造化。把这种生命流露于语言文字，就是好文章；把它流露于言行风采，就是美满的生命史。

文章忌俗滥，生活也忌俗滥。俗滥就是自己没有本色而蹈袭别人的成规旧矩。西施患心病，常捧心颦眉，这是自然的流露，所以愈增其美。东施没有心病，强学捧心颦眉的姿态，只能引人嫌恶。在西施是创作，在东施便是滥调。滥调起于生命的干枯，也就是虚伪的表现。

"虚伪的表现"就是"丑"，克罗齐已经说过。"风行水上，自然成纹"，文章的妙处如此，生活的妙处也是如此。在什么地位，是怎样的人，感到怎样情趣，便现出怎样言行风采，叫人一见就觉其谐和完整，这才是艺术的生活。

俗语说得好："唯大英雄能本色。"所谓艺术的生活就是本色的生活。世间有两种人的生活最不艺术，一种是俗人，一种是伪君子。"俗人"根本就缺乏本色，"伪君子"则竭力遮盖本色。朱晦庵有一首诗说："半亩方塘一鉴开，天光云影共徘徊。问渠那得清如许？为有源头活水来。"

艺术的生活就是有"源头活水"的生活。俗人迷于名利，与世浮沉，心里没有"天光云影"，就因为没有源头活水。他们的大病是生命的枯渴。"伪君子"则于这种"俗人"的资格之上，又加上"沐猴而冠"的伎俩。他们的特点不仅见于道德上的虚伪，一言一笑、一举一动，都叫人起不美之感。谁知道风流名士的架子之中掩藏了几多行尸走肉？无论是"俗人"或是"伪君子"，他们都是生活上的"苟且者"，都缺乏艺术家在创造时所应有的良心。像柏格森所说的，他们都是"生命的机械化"，只能做喜剧中的角色。生活落到喜剧里去的人大半都是不艺术的。

艺术的创造之中都必寓有欣赏，生活也是如此。一般人对于一种言行常欢喜说它"好看""不好看"，这已有几分是拿艺术欣赏的标准去估量它。但是一般人大半不能彻底，不能拿一言一笑、一举一动纳在全部生命史里去看，他们的"人格"观念太淡薄，所谓"好看""不好看"往往只是"敷衍面子"。善于生活者则彻底认真，不让一尘一芥妨碍整个生命的和谐。一般人常以为艺术家是一班最随便的人，其实在艺术范围之内，艺术家是

辑
四

最严肃不过的。在锻炼作品时常呕心呕肝，一笔一划也不肯苟且。王荆公作"春风又绿江南岸"一句诗时，原来"绿"字是"到"字，后来由"到"字改为"过"字，由"过"字改为"入"字，由"入"字改为"满"字，改了十几次之后才定为"绿"字。即此一端可以想见艺术家的严肃了。善于生活者对于生活也是这样认真。曾子临死时记得床上的席子是季路的，一定叫门人把它换过才瞑目。吴季札心里已经暗许赠剑给徐君，没有实行徐君就已死去，他很郑重地把剑挂在徐君墓旁树上，以见"中心契合死生不渝"的风谊。像这一类的言行看来虽似小节，而善于生活者却不肯轻易放过，正有如诗人不肯轻易放过一字一句一样。小节如此，大节更不消说。董狐宁愿断头不肯掩盖史实，夷齐饿死不愿降周，这种风度是道德的也是艺术的。我们主张人生的艺术化，就是主张对于人生的严肃主义。

　　艺术家估定事物的价值，全以它能否纳入和谐的整体为标准，往往出于一般人意料之外。他能看重一般人所看轻的，也能看轻一般人所看重的。在看重一件事物时，他知道执着；在看轻一件事物时，他也知道摆脱。艺术的能事不仅见于知所取，尤其见于知所舍。苏东坡论文，谓如水行山谷中，行于其所不得不行，止于其所不得不止。这就是取舍恰到好处，艺术化的人生也是如此。善于生活者对于世间一切，也拿艺术的口胃去评判它，合于艺术口胃者毫毛可以变成泰山，不合于艺术口胃者泰山也可以变成毫毛。他不但能认真，而且能摆脱。在认真时见出他的严肃，在摆脱时见出他的豁达。孟敏堕甑，不顾而去，郭林宗见到以为奇怪。他说："甑已碎，顾之何益？"哲学家斯宾诺莎宁愿靠磨镜过活，不愿当大学教授，怕妨碍他的自由。王徽之居山阴，有一天夜雪初霁，月色清朗，忽然想起他的朋友戴逵，便乘小舟到剡溪去访他，刚到门口便把船划回去。他说："乘兴而来，兴尽而返。"这几件事彼此相差很远，却都可以见出艺术家的豁达。伟大的人生和伟大的艺术都要同时并有严肃与豁达之胜。晋代清流大半只知道豁达而不知道严肃，宋朝理学又大半只知道严肃而不知道豁达。陶渊明和杜子美庶几算得恰到好处。

　　一篇生命史就是一种作品，从伦理的观点看，它有善恶的分别，从艺术的观点看，它有美丑的分别。善恶与美丑的关系究竟如何呢？

　　就狭义说，伦理的价值是实用的，美感的价值是超实用的；伦理的活动都是有所为而为，美感的活动则是无所为而为。比如仁义忠信等等都是善，问它们何以为善，我们不能不着眼到人群的幸福。美之所以为美，则全在美的形相本身，不在它对于人群的效用（这并不是说它对于人群没有效用）。假如世界上只有一个人，他就不能有道德的活动，因为有父子才有慈孝可言，有朋友才有信义可言。但是这个想象的孤零零的人还可以有艺术的活动，他还可以欣赏他所居的世界，他还可以创造作品。善有所赖而美无所赖，善的价值是"外在的"，美的价值是"内在的"。

　　不过这种分别究竟是狭义的。就广义说，善就是一种美，恶就是一种丑。因为伦理的活动也可以引起美感上的欣赏与嫌恶。希腊大哲学家柏拉图和亚里士多德讨论伦理问题时都以为善有等级，一般的善虽只有外在的价值，而"至高的善"则有内在的价值。这所谓"至高的善"究竟是什么呢？柏拉图和亚里士多德本来是一走理想主义的极端，一走经验主义的极端，但是对于这个问题，意见却一致。他们都以为"至高的善"在"无所为而为的玩索"（disinterested contemplation）。这种见解在西方哲学思潮上影响极大，斯宾诺莎、黑格尔、叔本华的学说都可以参证。从此可知西方哲人心目中的"至高的善"还是一种美，最高的伦理的活动还是一种艺术的活动了。

"无所为而为的玩索"何以看成"至高的善"呢？这个问题涉及西方哲人对于神的观念。从耶稣教盛行之后，神才是一个大慈大悲的道德家。在希腊哲人以及近代莱布尼茨、尼采、叔本华诸人的心目中，神却是一个大艺术家，他创造这个宇宙出来，全是为着自己要创造，要欣赏。其实这种见解也并不减低神的身份。耶稣教的神只是一班穷叫花子中的一个肯施舍的财主佬，而一般哲人心中的神，则是以宇宙为乐曲而要在这种乐曲之中见出和谐的音乐家。这两种观念究竟是哪一个伟大呢？在西方哲人想，神只是一片精灵，他的活动绝对自由而不受限制，至于人则为肉体的需要所限制而不能绝对自由。人愈能脱肉体需求的限制而作自由活动，则离神亦愈近。"无所为而为的玩索"是唯一的自由活动，所以成为最上的理想。

　　这番话似乎有些玄渺，在这里本来不应说及。不过无论你相信不相信，有许多思想却值得当作一个意象悬在心眼前来玩味玩味。我自己在闲暇时也欢喜看看哲学书籍。老实说，我对于许多哲学家的话都很怀疑，但是我觉得他们有趣。我以为穷到究竟，一切哲学系统也都只能当作艺术作品去看。哲学和科学穷到极境，都是要满足求知的欲望。每个哲学家和科学家对于他自己所见到的一点真理（无论它究竟是不是真理）都觉得有趣味，

忌·未老先衰

225

都用一股热忱去欣赏它。真理在离开实用而成为情趣中心时就已经是美感的对象了。"地球绕日运行""勾方加股方等于弦方"一类的科学事实，和《密罗斯爱神》或《第九交响曲》一样可以摄魂震魄。科学家去寻求这一类的事实，穷到究竟，也正因为它们可以摄魂震魄。所以科学的活动也还是一种艺术的活动，不但善与美是一体，真与美也并没有隔阂。

艺术是情趣的活动，艺术的生活也就是情趣丰富的生活。人可以分为两种，一种是情趣丰富的，对于许多事物都觉得有趣味，而且到处寻求享受这种趣味。一种是情趣干渴的，对于许多事物都觉得没有趣味，也不去寻求趣味，只终日拼命和蝇蛆在一块争温饱。后者是俗人，前者就是艺术家。情趣愈丰富，生活也愈美满，所谓人生的艺术化就是人生的情趣化。

"觉得有趣味"就是欣赏。你是否知道生活，就看你对于许多事物能否欣赏。欣赏也就是"无所为而为的玩索"。在欣赏时人和神仙一样自由，一样有福。

阿尔卑斯山谷中有一条大汽车路，两旁景物极美，路上插着一个标语牌劝告游人说："慢慢走，欣赏啊！"许多人在这车如流水马如龙的世界过活，恰如在阿尔卑斯山谷中乘汽车兜风，匆匆忙忙地急驰而过，无暇一回首流连风景，于是这丰富华丽的世界便成为一个了无生趣的囚牢。这是一件多么可惋惜的事啊！

朋友，在告别之前，我采用阿尔卑斯山路上的标语，在中国人告别习用语之下加上三个字奉赠：

"慢慢走，欣赏啊！"

光潜

一九三二年夏，莱茵河畔

图书在版编目（CIP）数据

走自己的路，戴自己的花 / 朱光潜著. -- 北京：
北京联合出版公司, 2022.5（2022.7重印）
ISBN 978-7-5596-6101-2

Ⅰ.①走… Ⅱ.①朱… Ⅲ.①散文集 – 中国 – 当代
Ⅳ.①I267

中国版本图书馆CIP数据核字(2022)第049630号

走自己的路，戴自己的花

作　　者：朱光潜
出　品　人：赵红仕
责任编辑：孙志文
封面设计：黄柠檬

───────────────────────────

北京联合出版公司出版
（北京市西城区德外大街83号楼9层　100088）
北京时代华语国际传媒股份有限公司发行
北京中科印刷有限公司印刷　新华书店经销
字数97千字　787毫米×1092毫米　1/32　7.5印张
2022年5月第1版　2022年7月第2次印刷
ISBN 978-7-5596-6101-2
定价：49.80元

───────────────────────────